AF485277

9 789948 771166

بدرية الزرعوني حاصلة على درجة البكالوريوس في جامعة الإمارات العربية المتحدة، بمدينة العين، كلية العلوم، قسم الكيمياء، وحاصلة على درجة الماجستير في نفس الجامعة، كليَّة التربية، تخصُّص مناهج وطرق تدريس العلوم.

عملَت كمعلِّمة لمادَّة الكيمياء بالمرحلة الثانوية، ثمَّ نائب مدير مدرسة للشؤون الأكاديمية.

الإهداء

إلى الأرواح المرهَقة التي غيَّرَت ملامح أجسادها عثرات الزمن، وأجبرتها على ملازمة الأقنعة، لتجد لها وجودًا في الوجود المترامي للجميع.

أقول حان الوقت لأن نودع حقائب أقنعتنا، ونبصر بعين الحقيقة ضوء الشمس، فلا شيء يدمي القلب أكثر مِن سقوط قناع مِن على وجه مَن ظنَنَّا أنَّه السَّند والصَّديق.

بدرية الزرعوني

وجوه بلا أقنعة

AUSTIN MACAULEY PUBLISHERS™

LONDON • CAMBRIDGE • NEW YORK • SHARJAH

الرقم الدولي الموحد للكتاب 9789948771166 (غلاف ورقي)
الرقم الدولي الموحد للكتاب 9789948771173 (كتاب إلكتروني)

رقم الطلب: MC-10-01-1902502
التصنيف العمري: E

تم تصنيف وتحديد الفئة العمرية التي تلائم محتوى الكتب وفقًا لنظام التصنيف العمري الصادر عن وزارة الثقافة والشباب.

الطبعة الأولى 2024
أوستن ماكولي للنشر م. م. ح
مدينة الشارقة للنشر
صندوق بريد [519201]
الشارقة، الإمارات العربية المتحدة
www.austinmacauley.ae
+971 655 95 202

شكر وتقدير

إلى مَن هُم سندي وقلمي وأبجدِيَّتي المسكوبة على سطور الورق..

إلى أبنائي حمد وسالم وعنود..

دمتم لي أصدق الأشياء وأجملها وأقربها إلى روحي..

يا مَن كنتمُ ولا زلتُم أبنائي وأصدقائي وسَندي.

ضوء الشمس

يتسلَّل ضوء الشمس مِن نافذة غرفتي الصغيرة، يسيل على الجدران في صمت، ويمتدُّ نحو سريري ليصافح وجهي الشاحب، ليوقظني مِن فترات نومي المتقطِّع، وما زالت بقايا أفكار البارحة تطارِدني كالأشباح.

أستيقظ مثقلًا بالهموم، وكعادتي كلَّ يوم أبحث عن فنجان القهوة وتلك الجريدة العنيدة التي لَم تدَّخِرلي بين إعلاناتها وظيفة تناسب مؤهِّلاتي بالرغم مِن تخرُّجي بمعدَّل امتياز، ولكنَّ الحظَّ قد تخلَّى عنِّي لأبقى وحيدًا أتأمَّل شهادتي المعلَّقة على الجدار، وقد أخذَت ذرَّات الغبار تتسلَّى ببروازها الفضي.

ما زال حديث البارحة مع ذلك الشخص الموجود بجواري في آخِر مقابلة عمل لي يطوف بذاكرتي حين قال: "أمرُ الوظيفة لا يحتاج لشهادة أو خبرة، بل إلى معارف ومحسوبيَّات ووساطة".

فهو قد تخرَّج بمؤهِّل يفوق مؤهِّلي الدراسي الحالي كدرجة علميَّة، ولديه خبرة لسِتِّ سنوات مضَت، انتقل خلالها للعمل بين القطاع الحكومي والخاص، ولَم يوفَّق للاستمرار في أي منها، إنَّه سوء الحظِّ.. نعم هو كذلك.

اليوم قرَّرتُ أن أبدأ البحث بشكل مختلف، لن أبحث عن وظيفة، بل سأبحث عن الحظِّ، وهو مَن سيفتح أمامي ليس فقط أبواب الوظيفة، بل جميع الأبواب المؤصدة في وجه أمنياتي المؤجَّلة.

على باب الحظِّ وقفتُ، طرقتُ وطرقتُ وانتظرتُ، جاءني ذلك الصوت الضعيف كأنَّه قادم مِن أعماق سحيقة يطلب مِنّي الدخول، فوجدتُ قدميَّ تقودانني نحو مصدر الصوت في هدوء واستسلام، لأرى حظِّي غافيًا في فِراشه لا يقوى على النهوض، بل بالكاد يلتقط أنفاسه مِن شدَّة الوهن، فعلمتُ سبب الواقع الذي أعيشه رغم تميُّزي ومؤهِّلاتي العلمية، إنَّه سوء حظِّي.. تمامًا كما توقَّعتُ.

رجَوتُه أن يقف ليمدَّ لي يده، ويصافحني فاتحًا لي آفاق الحياة، ولكنَّه فاجأني بابتسامة غريبة وبطلب أغرب، طلب غير متوقَّع، بل شرطٌ لا بدَّ مِن تنفيذه.

قال: لكَي أستعيد عافيتي وأساندك يجب أن تعِيرني فقرتين مِن فقرات عمودك الفقري لأقوى على النهوض، ولا تتردَّد كثيرًا، فقدان فقرتين لن يضرَّك، بل سيخفض قامتك قليلًا، ليبعد عن عينيك ضوء الشمس المباشر الذي قد يضرُّها، وستحظى بوظيفة أحلامك وكلِّ ما تتمنَّاه.

سأكون سندك ونصيرك، وسأضع بين يديك مصباح علاء الدين، لتتحوَّل كلُّ الأمنيات إلى حقائق بلمح البصر وبدون جهد ولا معاناة ولا صبر وترقُّب؛ فأنا كلُّ ما ينقصك وليس شيئًا آخَر!

قبِلتُ الشرط، فلا يوجد لديَّ خيار آخَر، فالحظُّ سيختصر لديَّ الوقت والجهد والمعاناة ومرارة الصبر والانتظار، إنَّها فرصتي الوحيدة، والفرصة قد لا تتكرَّر مرَّتَين.

تمَّتِ الصفقة بيني وبين الحظِّ، وخرجتُ مطأطئ الرأس، قصير القامة نوعًا ما، ولكن مَن سيلاحظ ذلك الفرق البسيط؟! إنَّها مجرَّد فقرتَين فزتُ مقابلها بوظيفة أحلامي، والقادم سيكون أجمل وأسهل، والانحناء أمام العاصفة لا يضرُّ، هكذا علَّمَتني أمِّي وأنا صغير!

هكذا مرَّ بي العام الأول ثمَّ الأعوام التي تليه في وظيفتي، أشعر أنَّ الوقت يمضي رتيبًا مكرَّرًا في الروتين اليومي مِن المراجعين والأوراق، تستفزُّني دقَّات الساعة المعلَّقة على الجدار، كأنَّها

تذكِّرني بالأعوام التي قضيتُها في هذا المكتب وأمامي تلك النافذة المطلّة على الشارع العام، أتأمَّل السيارات والمارَّة، الكلُّ يتقدَّم وأنا باقٍ خلف ذلك الكرسي المتهالك، لَم أحظَ بفرصتي للترقية رغم مرور خمسة أعوام على وظيفتي الحالية.

أملتُ برأسي للخلف كأنِّي أسترجع الزمن، أغمضتُ عينيَّ المجهدتَين لأستعيد لحظة البداية، نعم.. إنَّه الحظُّ الذي ينقصني، فلماذا أنتظر؟! فالحياة لا تنتظر أحدًا، ويجب أن أصل لهدفي، هكذا علَّمَتني أمِّي، يجب أن تصل وان كانت لَم تخبرني عن طريقة الوصول!

مجدَّدًا على باب الحظ وقفتُ، وكعادتي توسَّلتُ ورجَوتُ وتكرَّر الشرط كسابقه: أعِرني فقرتَين مِن عمودك الفقري لأقوى على النهوض، لأدعمك، ولا تتردَّد كثيرًا، فكِّر في هدفك، ترقيتك، المنصب، السُّلطة، أنت الآمر الناهي، وتذكَّر أنَّ الغاية تبرِّر الوسيلة، وأنَّ الحياة لا تنتظر أحدًا، وتذكَّر بأنَّني سأرسل لك الدعم بوسائل متعدِّدة، قد تكون بطاقة مِن شخصية مهمَّة مع طالب لوظيفة أو هدية قيِّمة مقابل تمرير معاملة ما أو دعم لشخصٍ ما على هيئة كذبة بيضاء لا تضرُّ.

لا تتردَّد كثيرًا، فقط فكِّر في النتائج، فكِّر في أهدافك المؤجَّلة وليس في طريقة الوصول لهدفك؛ فالغاية تبرِّر الوسيلة، والفرصة لن تتكرَّر.

خرجتُ فرِحًا بمنصبي الجديد، فقد حصلتُ على الترقية التي طالما تمنَّيتُها بعد أقلِّ مِن شهرٍ لزيارتي باب الحظِّ، وبدأتُ بكلِّ جهد أطبِّق التوصيات، فلا بأس بتوظيف مَن لا يحمل خبرة أو كفاءة ما دام قد أتى مِن قِبَل شخص مهمٍّ، فالخبرة والكفاءة تُكتسَب مع الوقت، ونحن بحاجة لسدِّ الشاغر الوظيفي، ولا بأس باستقصاء مَن يملك الكفاءة والمهارة فهو قد يكون منافسًا لي يوما مَّا، كما أنَّ كفاءته ستؤهِّله للنجاح في مكان آخَر.

لا بأس ببعض الهدايا والإكراميَّات؛ فالراتب الذي أتقاضاه لا يتناسب مع الجهد الذي أبذله، ولا بأس ببعض الكذب الأبيض؛ فالكذب ملح الحياة، وقد يساهم في دعم شخص ربَّما نحتاجه مستقبلًا أو لديه علاقات تخدم أهدافي المستقبليَّة.

ولا بأس بتغيير بعض الأرقام والإحصائيات في التقارير لرفع مستوى الإنجاز، فهو يعزِّز مكانتي كمدير ناجح تحقِّق مؤسَّسته أفضل النتائج مقارنةً بغيرها في نفس المجال.

لا بأس مِن إدراج نتائج استبيان وبيانات لرضا العملاءِ، وإن كان تمَّ شراء آرائهم أو تعديلها.

نعم.. إنَّها رسائل الحظِّ على هيئة فُرَص يجب أن أستفيد منها، فالناس يقيِّمون النتائج عند خطِّ النهاية، ولا يعيرون بالًا لصعوبة الطريق أو مَن يصل في المركز الثاني؛ فهو يُعتبَر متأخِّرًا عن صاحب المركز الأول في كلِّ الأحوال، ولو كان فارق التوقيت بين المركزين ضئيلًا.. نعم.. أنا مع الحظِّ دائمًا في المركز الأول.

هكذا مرَّت سنوات العمر، كنتُ أرى أعين الجميع ترمقني بحسد مِمَّن هم أكبر منّي سنًّا وأكثر خبرة، نعم.. لقد تجاوزتُ الجميع، الآن وقد عَلِمتُ سرَّ النجاح لن أنتظر لأصل إلى هدفي، سأطرق باب الحظِّ مرارًا وتكرارًا، فخسارة فقرة أو اثنتين مِن عمودي الفقري لن تضرَّني، بل سيعوِّضني المنصب والسلطة، وسأتحدَّى الجميع، ليس فقط في مجال العمل، بل حتَّى على صعيد الحياة الشخصية، فما أحتاجه في زوجة المستقبل أيضًا هو المنصب والسلطة والمال الذي يدعمني ويدعم طموحي، ولا بأس في إعطاء كلِّ زوجة تاريخ صلاحية لاستمرار الحياة معها، يتوقَّف على مَن يرسلها الحظُّ لي في صورة فرصة جديدة لن تتكَّرر.

ما زال الوقت يمضي، فالحياة لا تنتظر أحدًا، ما زلتُ أنتقل مِن تقدُّم إلى آخَر، وما زال الجميع يقف عند مروري، ما زالت السجادة الحمراء تُفرَش أمامي أينما ذهبتُ، وما زلتُ الأمر

الناهي، ما زالت باقات الزهور تُهدَى إليَّ، وما زالت كلمات الثناء تطوقني بالرغم مِمَّا يصل إلى مسامعي مِن عدَّة أشخاص أنَّ معظم مَن حولي كارهون لوجودي، ويصفونني بالانتهازي والمستبدِّ، ولكن لا يهمُّ؛ فأنا لا أحتاج لأحد ما دام الحظُّ معي.

الآن وقد اقترَبتُ مِن السِّتِّين عامًا، دقَّ جرس العمر معلنًا لحظة الوداع للمنصب والمكتب وكلِّ الألقاب التي لازمَتني طوال الثلاثين عامًا الماضية مِن عمري، فقد تمَّ إحالتي للتَّقاعد.

خرجتُ ضمن حفل وداع كبير يضمُّ الكثير، لَم يكن الحفل تكريمًا لي بعد كلِّ هذه السنوات، ولكن لأجل تجميل الصورة الاجتماعية لأرباب العمل، فهم مَن يقف مع مرؤوسيهم لآخِر لحظة، معظم مَن هم هنا تقريبًا مِمَّن أعرف جيِّدًا أنَّهم مِمَّن يتتبَّعون الفُرَص مِثلي.

وبالرغم مِن كثرة الموجودين حولي لَم يحضر أحد مِن أبنائي الحفل، فجميعهم يبحث عن فرصته، هكذا علَّمتُهم كما علَّمَتني أمِّي عندما كنتُ طفلًا.

وبعد عامَين مِن التَّقاعد أصبحتُ أحد المقيمين بدار المسنِّين بعد أن هاجمَتني أمراض الشيخوخة، ولَم يتبقَّ لديَّ أيُّ مقابِل للتَّفاوض مع الحظِّ، فقد أصبحتُ أقرب للأرض، لا أقوى على رفع قامتي أمام أيِّ إنسان، هنا أدركتُ أنَّني الخاسر

الأكبر، فأمام كلِّ حلم كنتُ أبلغه أزداد انحناءً ولا أقوى على رفع رأسي أمام أحد، حتَّى أصبحتُ أمام نفسي قزمًا قبل أن أصبح كذلك في عيون كلِّ مَن حولي، لَم أعد أرى سِوَى الأقدام التي عشتُ عمري منحنيًا أمامها!

لَم أعد أقوى على رفع قامتي لأُبصِر ضوء الشمس بعد أن تخلَّيتُ عن جميع فقرات رقبتي وعمودي الفقري، وقبلها عن كرامتي وض

ميري كإنسان لأجل الحظِّ واقتناص الفرصة تِلو الأخرى خلال سنوات عمري.

نعم وصلتُ، لكنِّي لَم أعُد أرى سِوَى الأقدام التي تطؤني!

بدون قناع: مَن عاش بدون قِيَم مات بدون قيمة.

أبواب مغلقة

بعض القرارات في حياتنا ليس لها علاقة بمستوًى علمي أو ثقافي أو مكانة اجتماعية، هي دروب الحياة لا بدَّ أن نسير مع منحنياتها لنكمل الطريق.

بعض القرارات تتحكَّم بها تراكمات الذاكرة مِن تجارب وخبرات سابقة، ودفاتر الذَّاكرة لا تحتاج تعلُّم الأبجدية لقراءتها؛ لذلك قد نرى أنَّ المثقَّف والأمِّيَ قد يختار الاختيار ذاته، هذا هو ملخَّص حياتي التي لَم أختر مساراتها يوميًّا، ففي كلِّ صباح روتين يومي يلفُّني كالشرنقة منذ سنين منذ أن عملتُ كطبيبة نفسيَّة في هذا المستشفى، وهو قسم أضيف حديثًا كجزء مِن متابعة الصحَّة النفسيَّة جنبًا إلى جنب مع الصحَّة الجسديَّة.

مهمَّتي متابعة المرضى مِن مختلف الأقسام، وإعداد تقارير ومتابعات للحالة النفسية لدَيهم، وإعادة تأهيلهم للحياة بعد تجارب قاسية قد تعرَّضوا لها.

أتجوَّل يوميًا بين أقسام متعدِّدة، وأقابل مرضى مِن جنسيَّات وأعمار مختلفة، منهم مَن تعرَّض لحوادث سيارات مرعبة، أو حالات إدمان، وآخَرون يخوضون معارك طاحنة مع أنواع شتَّى مِن السرطان.

أكثر ما يستوقفني قسم الأطفال الخدج، ومتابعة حالات الأمَّهات اللواتي يتعرَّضن لحوادث اعتداء جسدي تسبِّب في حالات ولادة مبكِّرة، أو حوادث سيارات مفاجِئة تضطرُّ التدخُّل لإجراء ولادة قيصرية لإنقاذ الأم والجنين أو التضحية بأحدهما.

تعلَّقتُ بهذا القسم كثيرًا، حيث كنتُ أمرُّ بعد فترات إنهاء عملي الرسمي أقضي بعض الوقت أتأمَّل تلك الوجوه والأجساد الصغيرة.

هذا القسم مناسب لطبيعتي الهادئة، فجميع الأقسام الأخرى تضجُّ بصَيحات الألم والدموع والغضب مِن أقارب المرضى، أمَّا هنا فلا ضجيج؛ فجميع الأطفال الخدج في الحاضنات بلا حركة ولا صوت، كلُّ ما يربطهم بواقعنا هو شاشة نبضات القلب التي

يرتسم نبضها في صعود وهبوط إشارة للتشبُّث بالحياة التي لَم تظهر ملامحها بعد أمام هؤلاء الأطفال.

أنا بالذَّات أرتبط بهذا القسم كارتباط الجنين بالمشيمة في بطن أمِّه؛ لأنَّني وقبل سبعة وعشرين عامًا لَم أجد أمًّا تحتضنني سِوَى هذه العلبة الزجاجية المسمَّاة بالحاضنة.

كانت ليلة شتوية بلَّلَت فيها قطرات المطر الشوارع، وتسلَّلَت دونما استئذان مِن سقف منزلنا المتهالك، لتداعب وجوه إخوتي وهم نائمون.

كان صوت الرعد يشتدُّ كما أخبرني والدي لاحقًا كأنَّه يحذِّر مِن خطبٍ جلل على وشك الحدوث، بدأت والدتي تعلن عن إحساس الألم الذي تشعر به الذي كانت تكتمه عن والدي منذ ساعات؛ لأنَّه لا يملك سيَّارة لنقلها للمستشفى، ولكنَّ الألم يتصاعد، ويُخبِر عن قرب وصول المولودة الجديدة، عندها أسرع والدي إلى بيت جارنا أبي عبد العزيز وزوجته التي رافقَت والدتي بسيَّارتهما الخاصة إلى المستشفى.

ولأن الوقت متأخِّر والشوارع زلقة، وكذلك قطرات المطر تتسابق إلى الأرض في تحدٍّ وسرعة عجيبة لتملأ الطرقات، وتعرقِل حركة المرور في الشوارع التي اختصرَت مساراتها في مسار واحد بسبب تجمُّع المياه، فجأةً لَم يستطِع أبو عبد العزيز تفادي أضواء

السيارة التي انحرفَت عن مسارها لتصطدم بسيارته، بعدها لَم يستطِع أحد إلى الآن معرفة ما حدث، ولا كم استغرق الأمر لوصول سيارة الإسعاف ونقل المصابين.

تُوُفِّيَت والدتي بسبب النزيف الحادِّ بعد عملية قيصرية، وكانت لحظة ولادتي هي لحظة إهداء روح لروح جديدة، كأنَّ روح والدتي بُثَّت في جسدي الصغير، وكانت أَمِّي هي الحاضنة الزجاجية منذ لحظة إبصاري لضوء الحياة.

لَم أستمع لنبضات قلب أَمِّي في ساعات ولادتي الأولى، ولَم أشعر بالدفء الذي يشعر به الأطفال الآخَرون.

مِن يومها حملتُ أوَّل ألقابي (اليتيمة)، وحملَت أختي الكبرى آمنة التي تكبرني باثنتي عشرة سنة لقبها الجديد (الأم الصغيرة).

كانت أمًّا لي ولأخي سالم الذي يصغرها بأربع سنين، وكان أبي حنونًا لأبعد الحدود، لَم يفكِّر يومًا بالزَّواج مِن زوجة جديدة، ربَّما خوفًا عليَّ أنا ولأخويَّ، أوربَّما لأنَّ ظروفه المادِّيَّة لا تكفي لمزيد مِن الأعباء والالتزامات الأسرية.

اكتفَت أختي الكبرى بالشهادة الإعدادية لتتفرَّغ لرعايتنا حتَّى تخرُّجنا من الجامعة.

كان بيتنا مختلفًا عن كلِّ البيوت؛ حولنا؛ ففي المساءات الهادئة لَم نكن نصغي لصوت المذياع ولا التلفاز، بل الصوت

الوحيد الذي يتردَّد في أرجاء منزلنا هو صوت ماكينة الخياطة التي ورثَتها أختي عن والدتي، حيث كانت أمّي تعمل على خياطة الملابس للجيران، وكذلك عملَت أختي بالإضافة لمهارتها في الطبخ؛ فكثيرًا ما يطلب منها الجيران إعداد وجبات للضيوف أو مناسباتهم الخاصَّة.

كانت غرفة الجلوس والمطبخ لدَينا تكتظُّ بزجاجات التَّوابل والمخلِّلات التي تعدُّها أختي، ثمَّ تقوم ببيعها للجيران.

هكذا مرَّت بنا السَّنوات حتَّى تخرَّجنا أنا وأخي من الجامعة، كان أملنا بداية حياة جديدة نستعير مِن الحياة ساعات للفرج، نغيِّر لون منزلنا مِن تدرُّجات الألوان الداكنة خلال السنوات الماضية إلى درجات أكثر إشراقًا.

كانت أول لحظات فرح نعيشها بصدق هي زواج أختي الكبرى، وقد قارَبَت على الخامسة والأربعين مِن عمرها، صحيح أنَّه فرح في عيون دامعة؛ فالعريس اختار أختي زوجة ثانية بعد طلاق زوجته، ولديه أربعة أبناء بحاجة إلى رعاية واهتمام، وكأنَّ الزمن يعيد نفسه بشكل مختلف.

وافقَت أختي؛ فهي على مشارف الخامسة والأربعين، أذكر آخِر حِوار لي معها قبل عقد قرانها، حاولتُ إثناءها عن الموافقة، فربَّما تجد حظًّا أفضل مع شخص آخَر بدون ماضٍ

مع زوجة سابقة ولا أبناء، فمِن حقِّها أن تعيش لنفسها حياة جديدة، لا أن تعيش لتربية وتحقيق أحلام أشخاص آخَرين.

كان ردُّها غريبًا حين قالت: لا توجد سعادة كاملة، ولا يوجد خطأ مطلَق ولا حقيقة كاملة، فالساعة المعطَّلة تكون صحيحة مرَّتَين في اليوم؛ لذلك قد يكون القادم أجمل، فليستِ السعادة كيف تعيش، بل مع مَن تعيش، والكلُّ يشهد بأنَّ العريس على خلق ودين، وهذا يكفيني.

كانت أول مرة منذ سنوات أستشعر فيها معنى الفراق بعد زواج أختي وانتقالها لبيت زوجها، الآن فعلًا أحسستُ أنَّني أصبحتُ يتيمة.

مرَّتِ الأيام بطيئة كئيبة في بيتنا، وصارت حياتي روتينًا يوميًّا يتكرَّر بين العمل والمنزل.

وقليلة هي زيارات أختي لنا أو زيارتنا لها؛ فهي مشغولة بتربية ومتابعة أربعة أطفال، إلى أن حان الوقت لأن يصبحوا خمسة.

نعم.. فأختي حامل، رأيتُ وجهها يتهلَّل فرحًا عندما جاءت لزيارتي في مكتبي بالمستشفى بعد مراجعتها للطبيبة النسائية المتخصِّصة التي أبلغَتها الخبر السعِيد.

نعم.. إنَّها تستحقُّ السعادة، فالطفل هو سندها في سنوات عمرها القادم.

مرَّت شهور الحمل بترقُّب ومتابعة كبيرة مِن قِبَل الطبيبة المختصَّة؛ فأختي مريضة بمرض السكَّر، بالإضافة لتقدُّمها بالسنِّ، كلُّ ذلك أدَّى لدخولها المستشفى أكثر مِن مرَّة لحين موعد الولادة، حيث رزقها الله بطفلها الأول.

نعم.. جسد صغير صنع سعادة كبيرة ليس لأختي فقط بل لنا جميعًا، ولكن لأنَّ لحظات السعادة كعود الكبريت لا يلبث أن ينطفئ، فقد شُخِّصَ الصغير كطفل متوحِّد وهو في عامه الثالث، ولَم يكن لدى أختي أو زوجها أي معرفة بحالات التوحُّد وطرق المتابعة، ففي نظر المجتمع هو طفل مريض ليس كأقرانه.

وتمرُّ الأيام لتخبرني أختي بأنَّها حامل للمرَّة الثانية، وألمح في عينيها بدون كلمات نظرات ملؤها الرجاء بأن يكون المولود القادم سليمًا ليكون سندها، فهي تريد أن تكون أمًّا بحقٍّ، وليس مجرَّد زوجة أب.

مرَّت شهور الحمل إلى الشهر السابع، حيث قرَّرَتِ الطبيبة المختصَّة إجراء ولادة قيصرية لارتفاع السكَّر لدى أختي، وضعف نبض الجنين.

نعم.. لقد أنجَبَت فتاة جميلة كالقمر، لكن بقيَ الهاجس يؤرِّقها ويؤرِّقني كلَّما تحدَّثتُ معها، وهي في كلِّ مرَّة ترجوني أن أتابع كلَّ الفحوصات للتأكُّد مِن صحَّة المولودة الصغيرة، فقد

أصبحَت في عامها الثامن والأربعين، وأملها ضئيل في الحمل مجدَّدًا.

أيام مرَّت وأنا أتردَّد على قسم الأطفال الخدج للاطمئنان على ابنة أختي الصغيرة في حاضنتها الزجاجية، ولكنَّ اليوم ليس كسابقه، اليوم مرَّت ببالي فكرة غريبة وربَّما جريئة، وقد تصنَّف جريمة، لكنَّها في نظري حلٌّ أفضل للجميع، وكما قلتُ سابقًا بعض القرارات في حياتنا ليس لها علاقة بمستوًى فكري أو اجتماعي؛ فنحن متشابهون في المشاعر وكذلك في الخطايا.

اليوم أضيف لقسم الأطفال الخدج طفلة جديدة تعرضَّت والدتها لحادث سيارة، وتمَّ إنقاذ الأمِّ والجنين بعملية قيصرية، وحالة الاثنين مستقرَّة.

قمتُ بزيارة والدة الطفلة كجزء مِن عملي كطبيبة نفسية لمتابعة حالة الأم النفسية بعد الحادث، إنَّها ما زالت شابَّة في السادسة والعشرين مِن عمرها، وهذه طفلتها الأولى، ولكن شاءت إرادة القدَر أن يتمَّ استئصال رحم الأم بعد العملية القيصرية، ولن تتمكَّن مِن الإنجاب ثانيةً.

نعم.. إنَّها الحالة المناسبة لتنفيذ ما خطَّطتُ له، سأقوم باستبدال الطفلتين في قسم الأطفال الخدج، فهما بنفس العمر، الفَرق بينهما ثلاثة أيام فقط، بالنسبة لأختي ستكون

الطفلة بحالة صحيَّة جيِّدة، ولن تعاني مِن أمراض كأخيها كون والدتها الحقيقية صغيرة في السنِّ، ولا تعاني مِن مرض السكر أو أي مرض آخَر قد يؤثِّر على صحَّتها العامَّة، أمَّا ابنة أختي فستكون عند أمِّها الجديدة، ولا يهمُّ إن كانت ستعاني مِن خلل وراثي مستقبلًا كأخيها؛ فهي ستكون وحيدة أمِّها الجديدة التي لن تتمكَّن مِن الإنجاب بعد استئصال الرحم، وإن ظَهر عليها أيُّ أعراض مرضية نفسية أو جسدية فستكون رعايتها مكثَّفة، والاهتمام بها أكبر؛ فهي الطفلة الوحيدة، كما لن يشكَّ أحد بدخولي لغرفة الأطفال الخدج؛ فهو أمر قد اعتدتُ عليه منذ وقت طويل، ولا أحتاج لتصريح بذلك، كوني طبيبة ومعروفة لدى كلِّ الأقسام بالمستشفى، وخاصَّةً قسم الأطفال الخدج.

خرجَت أختي بعد فترة مع طفلتها، وكذلك خرجَتِ المرأة الأخرى دون أن تعرف إحداهما أنَّها تحمل طفلة ليست طفلتها، هكذا هي الحياة، نَمُرُّ بمنعطفات خطيرة، لكنَّنا نواصل المسير.

بدون قناع: تختلف الشخصيَّات والرُّتَب، وتتشابه الخطايا.

جذور

بعض الذكريات لها وقع العِطر في حياتنا حين تثير انتباه أرواحنا بدون ضجيج، ربَّما لأنَّه لَم يعُد في العمر مُتَّسَعًا لمساحات الصخب والفوضى، فقد أرهقَتني سنوات مضَت تسرَّبَت مِن بين أصابعي، محطَّات نجاح وانتصارات لَم أعِرها يومًا اهتمامًا؛ لأنَّني لَم أحسن ترتيب الأولويَّات في حياتي، أو ربَّما لَم تكن حياتي أولويَّة بالنسبة لي.

اليوم سأشرح الدرس الأخير، الصفحة الأخيرة مِن الكتاب، وسأكتب أهمَّ ملخَّص في حياتي، وسأعترف؛ فالاعتراف سيِّد الأدلَّة. فبالرغم مِن كوني معلِّمة لمادَّة العلوم العامَّة غير أنَّني لَم أفهم درس أنواع جذور النباتات، الذي كرَّرتُه سنوات متتالية لطالباتي، هكذا هي دروس الحياة لا يمكن استيعابها بالتلقين، وإنَّما بالتطبيق والممارسة.

سأشرح حكايتي، ولكن هذه المرَّة سأستخدم إستراتيجيَّات تعليم مختلفة لَم أستخدمها في صفِّي مِن قَبل، بل بالأحرى لَم يعُد لديَّ صفٌّ ولا طلاب ولا مدرسة، ولكن لتكون الصورة واضحة أمامكم سأعود بكم عقدَين كاملَين مِن الزمان؛ فلربَّما يجد درسي الأخير صدًى أكبر بينكم يا تلاميذ الحياة.

نشأتُ في أحد الأحياء بمنطقة ديرة بمدينة دبي، وأتممتُ مراحل دراستي حتَّى الثانوية في مدارسها، كنتُ مِن أوائل الدارسين في جامعة الإمارات بمدينة العين، ومِن أوائل الدفعات التي تخرَّجَت بدرجة البكالوريوس في كلية العلوم.

كان حبِّي لمعلِّماتي سببًا في اختيار مسار التعليم كمهنة مستقبليَّة، كما أنَّني أحسستُ بواجبي الوطني في بناء جيل جديد مِن المتعلِّمين في بلادي.

عدتُ للعمل في نفس المدرسة الثانوية التي تخرَّجتُ منها، وهي قريبة مِن منزل.

عملتُ كمعلِّمة لمادَّة العلوم العامَّة للصف الثامن، حيث كانت مدرستي تضمُّ المرحلتَين الإعدادية والثانوية، كنتُ أنتظر الصباح تِلو الصباح كانتظار الأرض العطشى للمطر، كان طابور الصباح رمزًا للانضباط والالتزام للجميع بالحضور في

الوقت المحدَّد، كما كان مكانًا للوِدِّ واللقاء، تتصافح فيه الأيدي بين المعلِّمات والطالبات.

لَم تكن ساحة المدرسة بالنسبة لي سِوَى ساحة بيت كبير يلتقي به الجميع بحبٍّ، كنتُ أستمتع بالتجوال في ممرَّات المدرسة وبين فصولها وأنا أقوم بالمهام الروتينية التي تُسنَد للمعلِّمات خلال اليوم الدراسي مِن قِبَل إدارة المدرسة، كمهامِ الإشراف على الطالبات خلال فترة الفسحة، والإشراف على الحافلات المدرسية نهاية الدوام المدرسي، بالإضافة لجدول الإذاعة المدرسية، والأنشطة الخاصَّة بقسم العلوم، والمسابقات العلمية داخل وخارج المدرسة.

كان العام الدراسي بالنسبة لي كألبوم صور لحياتي أضيف فيه كلَّ عام إنجازًا تِلو الآخَر وصورة تِلو الأخرى، والعديد مِن شهادات التقدير مِن قِبَل إدارة المدرسة، وغيرها مِن الجهات التي تعاونت معها خلال الفعاليات والأنشطة المدرسية، وشيئًا فشيئًا أتقنتُ المهام الإداريَّة لسدِّ العجز في الكادر الإداري بالمدرسة، حيث أُسند لي بتكليف داخلي مِن قِبَل مديرة المدرسة، بالإضافة لعملي كمعلِّمة مهام إعداد الجدول المدرسي، والميزانية التشغيليَّة للمدرسة، والإشراف العام على

تنظيم ومتابعة الرحلات المدرسية، وأعمال الامتحانات على مدار العام.

كنتُ طوال سنوات عملي التي امتدَّت إلى ثمانية عشر عامًا بنفس المدرسة لا أحمل ساعة في يدي؛ فالوقت عندي يقاس بمعدَّل إنجاز العمل وليس بالفترة الزمنية التي استغرقها؛ لذلك كنتُ أقضي ساعات إضافية بالمدرسة بعد انتهاء وقت العمل الرسمي، بل كثيرًا مِن الأحيان أحضر للمدرسة في أيام العطل الرسمية لتدريب الطالبات على الأنشطة أو المسابقات العلمية، أو تقديم دروس تقوية ومراجعات استعدادًا للاختبارات، وهذا كان سببًا رئيسًا جعلني أحمل لقب مطلَّقة مرَّتَين متتاليتَين، وأن أُحرَم مِن كلمة أمِّي باختياري وإلى الأبد، بعد أن كنتُ أرفض موضوع الحمل والإنجاب في زواجي الأول، حيث كنتُ في بداية سنوات عملي الذي كان على رأس أولويَّاته هو إثبات وجودي كمعلِّمة متميِّزة بالمدرسة، أمَّا زواجي الثاني فقد أجهضتُ مرَّتَين متتاليتَين بسبب الضغط النفسي والجسدي الذي كان أيضًا اختياري، فالأولوية دائمًا لعملي.

كنتُ كالفَراشة التي تدور حتَّى الإجهاد، تبحث عن الضوء دون أن تشعر بأنَّه سيحرقها.

كنتُ كأشجار النخيل الشامخة في ساحة المدرسة الخلفية، التي تمتدُّ جذورها في الأرض عامًا تِلو عام.

هكذا مددتُ جذوري متشبِّثةً بمدرستي دون سِوَاها، مِمَّا دفعَني لرفض الترقية الوظيفية أكثر مِن مرَّة كوني سأُضطَرُّ لمغادرة مدرستي لمكان آخَر.

لن أمدَّ جذورًا جديدة في تربة أخرى، نعم.. فالأشجار تموت واقفة في مكانها بشموخ، وأنا كذلك، حتَّى مرَّ ثمانية عشر عامًا تغيَّر فيها كلُّ شيء حولي مِن كادر إداري، ومعلِّمات، وطالبات، أصبح بعضهنَّ زميلات مهنة، وبقيتُ أنا ضاربةً بجذوري بقوَّة، حتَّى كان ذلك الصباح الذي لَم يكُن كسابقه قط منذ ثمانية عشر عامًا خلَت، ليس كونه صباحًا التحفَت فيه الشمس بعباءة السُّحُب في صباح شتاء بارد، بل لأنَّ ما وردَنا مِن قِبَل مديرة المدرسة أقوى مِن قصف الرعد في كبد السماء، حين تمَّ الإعلان عن قرار وزارة التربية والتعليم بإغلاق المدرسة لعدم صلاحية المبنى المدرسي لتقادُم السنين، وسيتمُّ إزالة المبنى بالكامل حرصًا على الأمن والسلامة وفق تقرير لجنة إدارة المنشآت والأبنية المدرسية التابع للوزارة، وإعادة توزيع الطلاب على المدارس حسب المناطق السكنية الأقرب، وإعادة توزيع الكادر التعليمي والإداري وفق الشواغر المتاحة، كلُّ ما

تبقَّى لنا في المبنى المدرسي هو أسبوعان فقط، وبنهاية الفصل الدراسي الحالي سيتمُّ إغلاق المدرسة.

إنَّه يوم السبت، يوم العطلة الأسبوعية، توجَّهتُ لمدرستي بل لجذوري الضاربة في العمق هناك، لَم يتردَّد حارس المدرسة في السماح لي بالدخول؛ فقد اعتاد على تواجدي في أيام الإجازات.

وقفتُ على باب الاستقبال في المدخل الرئيس لإدارة المدرسة، وأحسستُ بأنَّه قد صار لكلِّ شيء حولي حتَّى الجدران أعيُن ترمقني وكأنَّها هي مَن تودِّعني.

امتدَّت أصابعي تلامس الجدران وشهادات التقدير وكؤوس الفوز للفِرَق المدرسية المختلفة التي تزيّن برشاقة وجاذبية المكان، أصبحَت يدي كقرون الاستشعار تتحسَّس كلَّ شيء وكأنَّني فقدتُ خارطة الطريق للمكان.

تقدَّمتُ بخُطًى متثاقلة لغرفة المعلِّمات، ولأوَّل مرَّة أمام المِرآة أتعرَّف على ملامح جديدة في وجهي لَم أُبصِرها مِن قَبل طيلة ثمانية عشر عامًا قضيتُها هنا، تلك الخطوط التي ترتسم على جانبَي عينيَّ، وذلك اللون الرمادي الذي أصبح يتنافس مع اللون الأبيض في مقدِّمة شَعري، كلُّ شيء في ملامحي تغيَّر دون أن أدرك.

نعم.. كلُّ شيء يتغيَّر، الآن استوعبتُ الدرس، فقد تعلَّمتُ وعلَّمتُ طالباتي بطريقة التَّلقين لا الفهم، وهذا خطئي، الآن أدركتُ أنَّ للأشجار جذورًا مختلفة، منها السطحية والوتدية والليفية والعميقة للتكيُّف مع البيئات المختلفة.. نعم لَم أفهم معنى التكيُّف البيئي.

مِن نافذة الفصل أبصرتُ أشجار النخيل في الساحة الخلفية للمدرسة، الآن استوعبتُ ولكن في الوقت الضائع أنَّ الأشجار لا تملك جذورًا ثابتة بل متحرِّكة ممتدَّة في كلِّ الاتِّجاهات لتبحث عن البيئة الأفضل لاستمرار الحياة، فلماذا بقِيتُ أنا ثابتة في مكاني بدون حراك ثمانية عشر عامًا؟!

لفتَ انتباهي وأنا أتجوَّل في المكان العدد الكبير مِن الأبواب والنوافذ في كامل المبنى المدرسي، وكأنَّها إشارات للخروج، وبأنَّ كلَّ مكان هو محطَّة مؤقَّتة ولهدف مؤقَّت، فلماذا أغلقتُ جميع الأبواب والنوافذ على نفسي طوال ثمانية عشر عامًا حتَّى لحظة مغادرتي للمدرسة؟!

وقد اصطحبتُ معي متعلِّقاتي الشخصية وملفَّاتي، ولأوَّل مرَّة أبصِر تلك اللُّوحة عند البوَّابة وقد كُتِب عليها خروج بعد أن كنتُ أمرُّ عليها سنوات متتالية ولَم أفهم معناها، فقد أضعتُ مفاتيح حياتي كلها وبقِيتُ حبيسة المكان ثمانية عشر عامًا.

الآن وبعد مرور خمس سنوات على آخِر زيارة لي للمدرسة وتقديم استقالتي، فلَم أتقبَّل فكرة أن أمدَّ جذورًا جديدة في مكان آخَر، جئتُ لأخبركم بقصَّتي، لا أعلم مَن سيقرأ سطوري، ولكنّي أعلم يقينًا بأنَّ الكثير يعيش حياة كحياتي، ويعاني دون إدراكٍ مِن الاحتراق الوظيفي والذي يقدِّم له تبريرات متنوِّعة ليقنع نفسه بالاستمرار في نفس المسار.

الكثير يعيش حياته كمارد مصباح علاء الدين الذي يمتلك القوَّة والمهارة وكلَّ مقوِّمات النجاح، لكنَّه يمضي العمر سجينًا داخل المصباح.

بدون قناع: لا تعِش حياتك حبيسًا كمارد مصباح علاء الدين، تحرَّر مِن قيودك، وانطلِق نحو أحلامك المؤجَّلة.

خياط المدير

يحدُث كثيرًا أن يتملَّكك إحساس بالحنين لا إلى أحدٍ، إنَّما لنفسك قبل سنين مضَت، حينها ستستوعب أنَّ اللحظات التي تمرُّ لن تعود أبدًا مهما بلغَت حلاوتها أو مرارتها، تمامًا كالماء المنساب في النهر لا يمكن أن تمرَّ نفس القطرة في المكان ذاته مرَّتَين، لكنَّنا وللأسف نمرُّ بنفس الأماكن، ونلتقي بنفس الأشخاص أحيانًا لسنوات متتالية دون أن نصغي لذلك الصوت بداخلنا المسمَّى الضمير الذي يخفت صداه عامًا تِلو عام حتَّى يسقط في بئر يوسف بانتظار القافلة التي تعيده ليُبصِر ضوء الشمس مِن جديد، ولكن أحيانًا لا تمرُّ بدرب حياتنا أي قوافل!

اعتدتُ منذ سنوات على أن أستمرَّ بالتقلُّب في الفِراش كلَّما ارتفع صوت المنبِّه صباحًا، ألتصِق بالحائط محاوِلًا الفِرار

مِن ذلك الصوت، ثمَّ أنهض مستسلمًا بهدوء لأبدأ الرُّوتين اليومي للاستعداد للذهاب للعمل.

أتوقَّف أمام مِرآتي لا لألقي النظرة الأخيرة على مظهري كما يفعل الجميع، بل لأتأمَّل وجهي في مرآتي المكسورة التي لَم أرغب بتغييرها منذ أن كُسِرَت قبل ما يزيد على العام؛ فملامحي مِن خلال الزجاج المكسور تبدو لي أوضح، ربَّما لأنَّني لستُ مِمَّن يحمل وجهًا واحدًا فقط يبصره في المِرآة، بل أنا مِمَّن يحمل ألف وجه ووجه؛ لذلك كانت تلك التعرُّجات في زجاج المرآة المكسورة تكشف عن تلك الأوجه التي لا يبصرها غيري، فليس كلُّ مَن يمتلك البصر يمتلك البصيرة.

أسير نحو سيارتي بخطوات ثابتة متَّزنة في كلِّ صباح، وتعلو عينا تلك النظارة الطبية بزجاجها السميك، أجلس خلف مقوَد السيارة، وتلفُّني سحابات مِن دخان السيجارة التي هي فنجان قهوتي الصباحي، أمرُّ على إشارات المرور وتلك الشوارع المرهقة مِن عجلات السيَّارات حتَّى أصل مكتبي، بل ربَّما أكون أوَّل الواصلين إلى مقرِّ عملي.

هكذا حالي منذ سنين، الكلُّ هنا يعرفني بِاسْم مصطفى الخيَّاط، ليس لقب الخيَّاط كنية عائلتي، وإنَّما هو لقب بدأ

بمزحة صديق وما لبث أنِ التصَق بي كظلّي حتَّى نسِيَ الجميع مَن أنا، أورُبّما لأنَّني أجدتُ التلوُّن تمامًا كأقمشة الخيّاط.

التلوُّن مِن وجهة نظري هو نوع مِن أنواع الذكاء الاجتماعي، فجميع الأشياء حولنا تتلوَّن بين ليل ونهار، فصول السنة تتلوَّن، ملابسنا، منازلنا، حتَّى الطعام والشَّراب.

لو لَم يكُن التلوُّن هو أساس الحياة لَمَا راجَت مستحضرات التجميل التي لَم تقتصر على النساء فقط، بل تسابقَت أكبر العلامات التجارية لطرح مستحضرات خاصَّة بالرجال، فجميعنا متلوِّنون ولكن بدرجات مختلفة.

لَم يكن التلوُّن اختياري، بل مسارًا إلزاميًّا للسير صادفتُه على خارطة حياتي، كنتُ شابًّا كغيري لا يكترث كثيرًا بالحياة ومسؤوليَّاتِها، فلَم يكن لديَّ طموح كبير، كنتُ غير مكترث بالحصول على أعلى العلامات الدراسية، فيكفيني فقط كلمة ناجح، ففي النهاية الجميع متساوون في اللقب "ناجح".

كنتُ كثير التسرُّب مِن الحصص الدراسية، ولكَي يبدو هروبي مبرَّرًا قرَّرتُ الانضمام لفريق كرة القدم المدرسي بالرغم مِن محدوديَّة مهاراتي في اللعبة، وبذلك كنتُ أتعمَّد الهروب مِن حصص الرياضيات والعلوم بحجَّة التدريب أو موعد مباراة خارج المدرسة.

وبعد الثانوية العامة التي كانت نتيجتها 60% لَم أفكِّر قط بالدراسة الجامعية، فلماذا الإجهاد والعناء والجميع يحصل في النهاية على نفس المسمَّى.. موظَّف؟!

كنتُ أومن بأنَّ النجاح ذكاء اجتماعي وليس شهادة علمية؛ لذلك التحقتُ بمعهد متخصِّص للسكرتارية وإدارة المكاتب، وتخرَّجتُ بدرجة الدبلوم لِيُكمِل الحظُّ الطريق، فكما قلتُ النجاح ذكاء اجتماعي وليس درجة علميَّة، فقد كنتُ على علاقة جيِّدة بمدرِّب بأحد الأندية الرياضية منذ دراستي الثانوية؛ ولذلك لَم أجد صعوبة في الحصول على وظيفة كسكرتير، حيث إنَّني أحمل خلفيَّة رياضية جيِّدة، ولديَّ خبرة لا بأس بها بالإجراءات وتنظيم الأنشطة الرياضية، وأحمل دبلوم سكرتارية متخصِّصًا.

لَم أفكِّر يومًا في المناصب لإيماني بأنَّ البقاء في الظلِّ أكثر أمانًا مِن التعرُّض لأشعَّة الشمس المباشِرة؛ لذلك حرصتُ على ملء مكتبي بنباتات الظلِّ، الذي جعل الكثير مِن زملاء العمل يتندَّرون ويصفونني بالرومانسي، ولكنَّ الحقيقة أنَّ تلك النباتات تذكِّرني دائمًا بأنَّ مَن يحتمي بالظلِّ يمكنه البقاء فترة أطول.

على صعيد الحياة الشخصية لَم يكن الأمر مختلفًا كثيرًا؛ فقد اختارت والدتي قريبتنا نادية لتكون زوجة لي، ولَم أعارض كبقية إخوتي الذين أصرَّ كلُّ واحد منهم على أن يكون هو صاحب الاختيار والقرار في موضوع زواجه، مِمَّا سبَّب الكثير مِن الخلافات بين والدتي وزوجاتهم.

كنتُ أمام الجميع الولد البارَّ المطيع، لكنَّ الحقيقة غير ذلك؛ فقد رأيتُ في نادية ما يتوافق مع حياة الظلِّ التي أعيشها؛ فهي أرملة بالرغم مِن سنوات عمرها الثَّماني والعشرين، وفي مجتمعنا العربي تبقى كلمة أرملة أو مطلَّقة حملًا ثقيلًا لا يطاق في ثقافتنا المحلية؛ لذلك لَم تكن لتعترض على دخلي المحدود، أو لتطلب الكثير فيما يتعلَّق بتكاليف الزواج، كما أنَّها وبدون شكٍّ ستكون حريصة على استمرار استقرار حياتنا الزوجية حتَّى لا تضيف لِلَقبها السابق لقبًا جديدًا وهو مطلَّقة؛ فهي بذلك ستظلُّ في عيون الجميع نحسًا ينفر منها الكلُّ.

وفِعلًا تزوَّجنا، وصدَق تمامًا ما توقَّعتُه، فكانت صابرة مطيعة، وكنتُ في نظر الجميع وخاصَّةً والدتي الابن البارَّ الذي أرضَى أمَّه في زواجه.

لَم ينغِّص حياتنا سِوَى إصرار نادية المستمرِّ على الإنجاب بعد مرور عامين على زواجنا، ولَم أتردَّد في الموافقة على مراجعة الطبيب المختصِّ للكشف الطبِّي، فأنا على يقين بأنَّها هي مَن ستتكفَّل بجميع نفقات الطفل؛ فهي موظَّفة بدخل جيِّد، وكثيرًا ما تحمَّلَت نفقات البيت.

وهكذا للمرَّة الثانية ظهرتُ بوجه الزوج المتفهِّم الحنون المحبِّ لزوجته والحريص على إرضائها، والحقيقة أنَّني لو لَم أكن متيقِّنًا مِن كونها ستتولَّى المسؤولية كاملة لَم أكن لأفكِّر قط بموضوع الفحص الطبِّي والإنجاب.

ولأنَّ الرياح قد تأتي بما لا تشتهي السفن، كانت نتيجة الفحص الطبِّي مرعبة لزوجتي، حين أظهَر أحد الفحوص الطبيَّة إصابتها بالسرطان، لتدخل في دوَّامة الاكتئاب النفسي والصراع مع المرض.

إنَّه هول الصدمة الذي أنساها حتَّى الرغبة في معرفة نتيجة باقي الفحوصات المتعلِّقة بالإنجاب، والتي أظهرَت أنَّني أنا العقيم، وطبعًا رجَوتُ الطبيب عدم إبلاغ زوجتي بالنتيجة خوفًا مِن تدهوُر حالتها الصحية مع تلقِّيها العلاجِ الكيماوي لو علمَت بأنَّها لن تصبح أمًّا يومًا ما، حتى لو شُفِيَت مِن مرضها، وأنَّ الحلَّ الوحيد لتحقيق حلم الأمومة هي حصولها على لقب

مطلَّقة، وربَّما لا تتمكَّن مِن الزواج ثانيةً لظروف مرضِها حتَّى وإن شُفِيَت.

وفعلًا اقتنع الطبيب بكلامي، واستخدمتُ مجدَّدًا وجه الزوج المشفِق سيِّئ الحظِّ في زواجه، والحقيقة أنَّني حمدتُ الله على أنَّ مرض زوجتي كان ستارًا لإخفاء حقيقة وضعي وعدم تمكُّني مِن الإنجاب.

هذا الأمر لَم أبُح به لأحد على الإطلاق، وبقِيتُ بعد وفاة زوجتي ولمدَّة أحد عشر عامًا مضت بدون زواج، وصرتُ مضرب مثل في الإخلاص والوفاء، والحقيقة أنَّني لا أريد الدخول في دوَّامة جديدة، ولا أضمن وجود نسخة مكرَّرة مِن نادية في الظروف والشخصية؛ فأصابع اليد الواحدة ليسَت سواء، إنَّها لعبة الأقنعة تتكرَّر في حياتي حتَّى أتقنتُها، وكم بدَت لي جميلة ومسلِّية!

هكذا مرَّتِ الأيام متتالية، ولأنَّني أجيد لعبة الأقنعة صرتُ محبوبًا مقرَّبًا مِن الأغلبيَّة في عملي، لا أتطلَّع لمنصب أو مكانة، ولكنِّي أتقن تحديد الهدف وطريقة الوصول بما يحقِّق لي الرِضا، فليس لديَّ سقف عالٍ للتطلُّعات، صحيحٌ أنَّ المنظر مِن فوق القمَّة أجمل مِن القاع، لكنَّ الحياة عند سفح الجبل أقَلُّ مشقَّة وأكثر أمانًا مِن التسلُّق للقمَّة.

ولأنَّنا في الثقافة المحليَّة نخلط بين مفهومَي الإبداع والإتقان بالتكرار، فقد كان الجميع مبهورًا بقدرتي على إعادة صياغة المواقف وحلِّ المشكلات، طبعًا لَم يكن إبداعًا، بل إنَّ التكرار يعلِّم الشطَّار، فأنا مِن أقدم الموظَّفين هنا، وباستمرار تكرار المعاملات والأنشطة والإجراءات أصبحتُ خبيرًا.

كان بيننا في العمل شفرة سريَّة تُطلَق على كلِّ موظَّف جديد بغضِّ النظر عن مهامه أو منصبه، فكثيرًا ما تتردَّد بين الأقسام عبارة "ملابس الموظَّف فلان فضفاضة"، أي إنَّه أصغر بكثير مِن منصبه، ولا يمتلك الخبرة الكافية أو المؤهِّل.

كثيرًا ما كان الموظَّفون الجُدد يتردَّدون على مكتبي؛ فأنا محلُّ ثقة الجميع، حتَّى صرتُ خيَّاط المؤسسة، أجيد إخفاء العيوب في الثياب الفضفاضة وتحويل الأسوَد إلى الأبيض أو الرمادي في أسوأ الحالات، بإضافة بعض التعديلات على البيانات، أو توظيف الإعلام لتصحيح الصورة، أو بالأصحّ جعْل الجميع يتجاهل الصورة الحقيقية ويتوجَّه نحو الصورة الجديدة التي أرسمها.

وهكذا عامًا بعد عام أصبح لقبي الخيَّاط، بدأ بمزحة صديق واستمرَّ حتَّى نسِيَ الكثير سبب التسمية، هكذا البشر يركِّزون على النتائج وليس على طريقة الوصول لتلك النتيجة.

مضت سنوات وأنا الخيَّاط، بل أصبحتُ المصمِّم الأول، وأتقنتُ التَّعامل مع جميع المقاسات والمناصب حتَّى أصبحتُ رسميًّا خياط المدير العام تحت مسمَّى مدير مكتب.

نعم.. كلُّ ما نحتاجه هو الذكاء الاجتماعي، ولأنَّ ملابس المدير العام كانت فضفاضة جدًّا بخلاف ما عهدتُه فيمن سبقوه مِن المديرين.

كان لا بدَّ مِن تغيير جذري تحت مسمَّى إعادة الهيكلة ودمج أقسام وإدارات بحجَّة التطوير، والحقيقة أنَّ كلَّ تلك التغييرات بهدف غلق الأفواه لكلِّ مَن يكرِّر أنَّ ملابس المدير فضفاضة.

تسبَّبَت إعادة الهيكلة بنقل الكثير مِن الكفاءات والخبرات لفروع أخرى بحجَّة استثمار خبراتهم لتطوير تلك الفروع، كما تمَّ إلغاء لجنة النظر في الشكاوى المشكَّلة مِن أعضاء مِن عدَّة أقسام على أن يتمَّ تحويل كلِّ شكوى تَرِد إلى القسم ذاته التي ترِد الشكوى بحقِّه بهدف التدريب على حلِّ المشكلات وتفويض الصلاحيات والإدارة الذَّاتية بما يكفل تطوير الأداء، وفعلًا شيئًا فشيئًا قلَّتِ الشكاوى المقدَّمة، ولسان الحال يردِّد أنت الخصم والحكم!

تمَّ إقرار دورات تدريبية مكثَّفة للموظَّفين في الفترة المسائية مرَّتَين أسبوعيًّا، مع وجود تكاليف ومهمَّات أداء

مرتبِطة بتلك الدورات بهدف تطوير الأداء ورفع مستوى الكفاءة، والحقيقة هي إنهاك الموظَّف وصرف نظره عن ملابس المدير الفضفاضة.

لَم أنسَ الردَّ على بعض الأصوات التي بدأت تهمس بنبرة التذمُّر والشكوى مِن كثرة الضغوط، فكلُّ مَن يعترض فهو رافض للتطوير، وبالتَّالي لا مكان له في مؤسَّستنا، وطبعًا كان الدور الأبرز لقسم الإعلام في المؤسَّسة لتلميع الصورة وإضافة البريق بوصف السيِّد المدير بالمطوِّر الأوَّل ورجل المهمَّات الصعبة، وبالتَّصفيق لكلِّ ناعق.

نعم.. القافلة لَم تعد تسير، بل بفضل التغييرات الجديدة المتلاحقة أصبحَتِ القافلة تعدو، ولكنَّ الدماء حولها تسيل في صمت.

هكذا مرَّتِ الشهور بل السنوات، وأصبح المدير العام محطَّ تقدير رؤسائه بفضل الملفَّات والبيانات التي قمتُ بإعدادها وفق تصاميم راقية مستوحاة مِن نسيج الغشِّ والتدليس، تلك الملفَّات التي أرهقَتني لساعات طويلة مِن العمل، لأُغلِق باب مكتبي يوميًّا وأعود لمنزلي، ألتصق بالجدار على سريري وكأنَّني أبحث عمَّا أحتمي به، كثيرًا ما يُخَيَّل لي أنَّ

كلَّ تلك الأوراق في الملفَّات صارت أشباحًا تطاردني، ألتصق أكثر بالجدار، أغمض عيني وأنام.

عند المساء أتوجَّه إلى ذلك المقهى في نهاية الشارع، أتناول فنجان قهوتي المُرَّة، وتلفُّني سحابات الدخان المتصاعد مِن سيجارتي، أحيانًا أتابع الأخبار والمباريات التي تُعرَض على تلك الشاشة العملاقة المتشبِّثة بالجدار، أقضي الوقت وأنا أنتظر حَسَن، ذلك الصبي ذو الأعوام العشرة الذي اعتاد التردُّد على المقهى مساء لمسح أحذية الزَّبائن وتلميعها، يحمل ذلك الصندوق الخشبي الذي ترتصُّ بداخله علب اللَّونَين الأسوَد والبنّي وبعض الفُرَش والمناشف الصغيرة.

اعتاد الجلوس عند أقدام الزبائن لتلميع أحذيتهم، وكنتُ أنا الأكثر سخاءً بين الجميع في دفع الأجرة للصبي الصغير.

الكلُّ يصفني بالطيِّب الحنون، والبعض يظنُّ أنَّني أعامل حسَن كأبٍ، حيث لا زوجة لي ولا أبناء، ولكن لا أحد يُبصِر أكثر مِن وجهي الذي أمامهم، فالحقيقة أنَّني وحسن نتشارك نفس المهنة مع اختلاف المكان والزبائن، كلانا نتقن التلميع، حسن يلمِّع الأحذية، وأنا ألمِّع أشخاصًا هم بمستوى الأحذية بل أسوأ.

كثيرًا ما كنتُ أتجاهل نظرات حسن نحوي وتلك الابتسامة على وجهه، وأحيط وجهي بسحابات الدخان المتصاعدة مِن

سيجارتي، أتعمَّد الهروب بوجهي مِن نظراته، فلا أعلم أيَّ وجهٍ أظهر له، فأنا مِمَّن يحمل ألف وجه ووجه، سرٌّ لا تعرفه سِوَى مِرآتي المكسورة المعلَّقة على جدار غرفتي.

مزاد القلم

كثيرًا ما أتردَّد في الدخول إلى القاعات والأماكن المغلقة، أرهق عيني بحثًا عن النوافذ لألقي بجسدي بالقرب منها، أسابق الجميع كأنَّني في سباق ماراثون بالرغم مِن سنوات عمري السبع والخمسين، وخطواتي المتثاقلة وكأنَّني عصفور يحاول الفرار مِن قفصه المعلَّق وسط تلك الجدران المغلقة للقاعات نحو فضاءات الحرية.

منذ سنوات مضت لَم أستنشق سِوَى هواء المكيِّف الذي بات يخنقني كربطة العنق التي بدأتُ شيئًا فشيئًا أستميحها عذرًا بعدم مقدرتها على التشبُّث بعنقي كلَّما خرجتُ مِن منزلي، فلَم أعد أحتمل المزيد مِن القيود، تمامًا كتلك الساعة التي ودَّعَت معصمي أيضًا منذ سنوات، فلا مزيد مِن الدوائر التي أرهقَتني، لا مزيد مِن القيود حتَّى وإن كانت خاتمًا مِن ذهب أو

فضة يزيّن إصبعي ليعلن للجميع بأنَّني زوج ولي أسرة هي سبب بقائي الأول في دائرة الحياة المغلقة التي لَم أتمكَّن مِن تجاوزها لأُبصِر أشكالًا أخرى للحياة.

كثيرًا ما أحسستُ كأنَّني أسير فوق سطح جليدي أملس أخشى السقوط وفقدان التَّوازن في أي لحظة، لَم أتقن يومًا فنَّ التوازن فوق الأسطح الملساء، ربَّما لأنَّني لا أملك جلد حيَّة أمس تتلوَّى بمهارة مع منحنيات الحياة وتنسلخ مِن جلدها باستمرار مع كلِّ بريق مصلحة تلوح في الأفق.

كثيرًا ما تشابهَت لديَّ الأيام بل السنوات، تمامًا كثبات دورة الحياة لكلِّ الكائنات على وجه الأرض.

نسق واحد نسير بداخله، لَم أمتلك يومًا الكثير مِن الخيارات لتغيير مسارات حياتي، ولكنَّني كنتُ دائمًا أسير لعلِّي أجد يومًا ظلًّا أحتمي به مِن شمس الظروف الحارقة، فقد جئتُ إلى هذا البلد مِن ذلك المكان البعيد الأشدِّ وهجًا وحرارة، فأصبحتُ يومًا تلو الآخَر كالمستجير مِن الرمضاء بالنار، ولكنِّي كنتُ موقنًا بأنَّ ذلك المكان البعيد لَم يعد لي وطنًا، وأنَّ عليَّ أن ألعق الصبر حتَّى الثمالة، لكنَّ اليوم قد يكون الرشفة الأخيرة والمحطة الأخيرة، شيءٌ ما بداخلي يخبرني بأنَّه حان للفارس أن يترجَّل ويتقدَّم نحو تلك القاعة الكبيرة التي تعجُّ

بالوجوه، وقد امتدَّت تلك السجَّادة الحمراء باسترسال وكبرياء في وسط مدرَّج يكتظُّ بالأجساد المتراصة والتي شخصَت أبصارها بترقُّب نحو ذلك المسرح وكأنَّه عرش ملك بانتظار التتويج.

نعم.. إنَّه يوم الاحتفاء العظيم، يوم يتحدَّث الفعل لا القول، يوم تزفُّ التَّهاني وتعلو البسمات جميع الوجوه بالرغم مِن اختلاف ثقافات الموجودين، يوم تخرُّج طلاب كلية الطب، يوم تُتَرجَم أيام الغربة إنجازًا بتخرُّج ابني الوحيد "الدكتور يحيى".

تعجُّ القاعة بالضوضاء والضحكات، البعض يحاول تقدُّم الصفوف للبحث عن مكان أقرب للمسرح يضمن له التِقاط صورة أوضح، وتلك الأضواء العملاقة التي تدلَّت مِن السقف لتنير المكان، وتلقي بظلالها الملوَّنة على تلك الزخارف الإسلامية التي تزيِّن الجدران وكأنَّنا في أحد قصور الأندلس المزيَّنة بالنقوش والزخارف.

ترتفع الستارة شيئًا فشيئًا كأنَّها تبثُّ رسالة مفادها أنَّ الإنجازات العظيمة تحتاج للوقت والجهد المتواصل والصبر، تمامًا كأشعَّة الشمس التي تضيء يوميًّا كوكبنا بشكل متدرِّج بعد ظلمة ليل طويل.

ها هي مراسم الاحتفال تبدأ، تتحدَّث الكفوف بلغتها الخاصة بين تلويح وتصفيق أثناء تقدُّم الخرِّيجين بعد كلمة عميد الكلية وعريف الخرِّيجين، ويتقدَّم ابني الدكتور يحيى الصفوف؛ فهو الحاصل على مرتبة الشرف بين المتفوِّقين، أحاول جاهدًا الوقوف ولكنَّ قدمَيَّ لا تستجيبان وكأنَّهما أعلنتَا التمرُّد على سيل التيارات العصبية التي يرسلها دماغي متوسِّلًا إيَّاها بالاستجابة، ولكنَّهما تصِرَّان على عدم الاستجابة، هنا تمتدُّ إليَّ يدٌ طاللما امتدَّت على مرِّ سنوات لتساندني، إنها يد زوجتي التي لَم أحتج بقربها إلى عصا تسندني؛ فقد كانت هي مَن أتَّكئ عليها دائمًا وأبدًا، أقف أخيرًا متضارب المشاعر، تارةً ألوّح بيدي، وتارةً أصفِّق، أحسستُ برغبة عارمة بأن أقفز متخطِّيًا كلَّ الصفوف وكلَّ تلك الأجساد المتراصَّة أمامي لأحتضن ابني لأعلن أمام الجميع بأنَّني كم وقفتُ بوجه لفحَ ريح الصيف الحارقة، وكم ارتعشَت مفاصلي أمام برد الشتاء القارس في ليلة ماطرة، وكم تساقطَت أمنياتي كورقة خريف هجرتُ غصنها بدون وداع، حتَّى بتَّ أنت ربيع عمري الذي أنتظرك وأنت تقف بهذا المكان اليوم.

لَم أشعر كم مِن الوقت مضى وأنا بتلك القاعة، فبعض اللحظات عمرٌ، وقد يُختَصَر العمر بلحظات، اليوم فقط

أيقنتُ أنَّ العمر لا يقاس بعدد السنين، وإنَّما بعدد اللحظات السعيدة، اليوم أحسُّ أنَّ عمري فقط أربع ساعات قضيتُها بتلك القاعة قبل أن أعود لألقي بجسدي الثقيل على ذلك الكرسي الذي ينتظرني بثبات في نفس الموقع في بيتي، وعلى مكتبي الصغير فنجان قهوتي المُرَّة الفارغ سِوَى مِن بقايا البنِّ الثقيل الذي كثيرًا ما حاولتُ حلَّ طلاسم تلك الخطوط المتعرِّجة بداخله دون جدوى، بقايا علبة البسكويت وبعض قِطَع الشوكولاتة التي أُخفيها خلسةً عن زوجتي وابني؛ فهما الحارسان على مستوى ارتفاع السكَّر لديَّ بعد أن استسلمَت خلايا البنكرياس، وتقهقَر مستوى الأنسولين في دمي ليعلن انتصار مرض السكر، وأنا الذي لَم أذُق أيَّ سكر في أيامي منذ فارقتُ ذلك المكان البعيد المسمَّى وطن إلى هنا.

كثيرًا ما يحسدني كلُّ مَن حولي كوني صاحب ذاكرة قوية، أستطيع تذكُّر أدقَّ التفاصيل في المواقف والأحداث حولي، كثيرًا ما يلجأ إليَّ زملاء العمل للاستيضاح عن تفاصيل حول نقاط ذُكِرَت في اجتماعات سابقة، أو قد أكون حكمًا في النِّزاعات بين زملائي؛ لأنَّني أتذكَّر الأحداث وتفاصيل الأحاديث التي قد تمرُّ مرور الكرام ولا يعيرها الكثير اهتمامًا، ويا ليتَهم

يدركون أنَّ صاحب الذاكرة القوية هو الأتعس حظًّا؛ فهو لا ينسى آلامه ولا المتسبِّب بها.

جئتُ مِن ذلك المكان البعيد أحمل شهادتي كخرِّيج كلية الآداب قسم اللغة العربية، لغة الضاد.

كنتُ مِن أوائل مَن عمِل كمعلِّم لمادة اللغة العربية هنا، جئتُ حاملًا شهادتي وقلمي وأحلامي بأن أصبح كاتبًا معروفًا لاحقًا، وأن أحظى بفرصة عمل أفضل؛ فقد كنتُ مِن المتفوِّقين أدبيًا في سنوات دراستي الثانوية والجامعية، كثيرًا ما وصفني معلِّمي بصاحب القلم الرشيق.

كنتُ أمُرُّ باستمرار على الأرصِفة التي تُعرَض بها تلك الكتب والمجلات الأدبية للبيع، حيث كانت أرصفة الشوارع مكتبات عامَّة وملتقيات أدبية لذَوِي الدخل المحدود أمثالي.

أدمنتُ قراءة روايات نجيب محفوظ، وإحسان عبد القدوس، وأشعار أحمد شوقي وحافظ إبراهيم، وكتابات أنيس منصور وهو يدور برفقة قلمه يدوِّن يوميَّاته حول العالم في 200 يوم وكأنَّه ابن بطوطة.

كانت لي العديد مِن المداخلات في برامج الإذاعات المحلية في بلدي، وكنتُ مراسلًا نشِطًا لبريد القُرَّاء في الصحف والمجلات المعروفة آنذاك، وكنتُ خطيب قسم اللغة العربية بالجامعة،

وشاركتُ بكتابة العديد مِن المسرحيات أو مراجعة النصوص لمسرح الجامعة وقتها.

تركتُ ذلك المكان البعيد، ولكنِّي لَم أترك أحلامي بأن يأخذ قلمي الرشيق مكانه بين الأقلام يومًا، ولكنَّ قسوة الظروف أخذَت تبريني قبل قلمي يومًا بعد يوم.

كنتُ واثقًا مِن موهبتي الأدبية التي تمدُّ قلمي بمداد لا ينضب؛ لأنَّني قديمًا قرأتُ أنَّه "إذا كانت الجذور قوية فلا خوف مِن هبوب الرياح"، ولكنَّ الكاتب لَم يذكر شيئًا عن الأعاصير التي تقتلع الجذور مهما كانت متانتها.

عامًا تلو عام لَم ألحظ ذلك التغيير الهائل الذي طرأ على ملامحي، ربَّما لأنَّه لَم يكن لديَّ وقت للنظر في المرآة طوال سنين، كنتُ حريصًا على توفير حياة مستقرَّة لزوجتي وابني، زوجتي التي كانت بحقٍّ رفيقة عمري؛ فهي جارتي منذ الطفولة، ورفيقة سنواتي الجامعية بنفس التخصُّص، كم هو جميل أن يكون جزء منك في شخص آخَر هو نسخة محسَّنة مِن روحك المرهقة، بل قد كانت هي وابني يحيى قوس قزح جميلًا في سماء عمري الماطر.

أكثر مِن ثلاثين عامًا مضت منذ أن تركتُ ذلك المكان البعيد، ولكنِّي هنا أصبحتُ أكثر بُعدًا عن ذاتي، عن ذلك الحلم

الذي لَم يتحقَّق، عن القلم الذي تاه وسط فصول تلك المدرسة والدروس الخصوصية ودفاتر الطلاب، ولكنّي بالرغم مِن ذلك كنتُ خطيب المدرسة في كافَّة المناسبات طوال العام.

كثيرًا ما شاركتُ في الملتقيات الأدبية لمعلِّمي اللغة العربية، وكم كتبتُ مِن مسرحيات لفريق المسرح المدرسي، أنشأتُ جماعة اللغة العربية والصحافة المدرسية، وراجعتُ العديد، بل كنتُ المحكِّم الرئيس لمسابقات القصة القصيرة على مستوى مدارس المنطقة التي أعمل بها، وكم كانت سعادتي غامرة بعد زيارتي مع الطلاب مِن فريق الإعلام المدرسي لإحدى الإذاعات المحلية المعروفة، حيث تعرَّفتُ على المذيعين والمعدِّين، وعملتُ معهم لاحقًا لفترة كمراجع ومدقِّق لغوي للمحتوى لبعض برامجهم الإذاعية.

أمضَيتُ أكثر مِن ثلاثين عامًا أنتظر فرصة لَم تعرف طريقها نحو قلمي يومًا، ما زلتُ أذكر ذلك اليوم العالق بذاكرتي كالوشم عندما استدعاني مدير المدرسة صباحًا ليخبرني أنَّه بصدد جمع نماذج مِن الخُطَب والمقالات التي أقوم بتحريرها في مجلة المدرسة الشهرية كنشاط لقسم اللغة العربية الذي أترأَّسُه، بالإضافة للمسرحيات المدرسية التي كتبتُها، ونشْرها مِن باب نشر ثقافة المعرفة وأفضل الممارسات الأدبية في الميدان التربوي.

وما هي إلا لحظات حتَّى بدأ بريق عيني يخبو عندما أبلغني أنَّ الكتاب سيُنشَر بِاسْم المدرسة وليس بِاسْمي، لَم أتردَّد كثيرًا بالموافقة، حيث كانت لهجته بصيغة المعرفة بالشيء فقط وليس بصيغة طلب الموافقة، لأنَّني جئتُ مِن ذلك المكان البعيد، وكثيرًا ما غابت كلمة لا مِن قاموس اختياراتي.

ولَم يكن الحظُّ أوفر مِن ذلك معي في مجال التدقيق اللغوي الإذاعي؛ فقد تمَّ إبلاغي بأنَّه في الدورة البرامجية القادمة ستتغيَّر نوعيَّة البرامج، وذلك بحسب ذوق الجمهور وبناءً على استطلاع الرأي الذي أجرته الإذاعة، ولن تتطلَّب طبيعة البرامج الجديدة تدقيقًا لغويًّا؛ حيث إنَّ معظمها برامج منوعات، وكان واضحًا مِن لهجة محدِّثي أنَّ ما سوف يقدَّم لا يتضمَّن أي محتوًى معرفي لمراجعته؛ حيث اختلط الحابل بالنَّابل في معظم وسائل إعلامنا المعاصر إلا مَن رحم ربي.

كان ذلك المساء طويلًا كحكايات ألف ليلة وليلة، استنفدتُ فيها كلَّ مخزون علبتي الصغيرة مِن البنِّ، وامتلأ فنجاني مرارًا وتكرارًا بطعم القهوة المُرَّة تاركًا بقايا البنِّ المترسِّب في قاع الفنجان كترسُّبات السنين في روحي.

أمضيتُ الليل أتأمَّل قلمي المسجى فوق الورق، وقد انسكب فوقه فنجان قهوتي الأخير ليكون البنُّ هو مداد قلم نفد حبره خلال سنوات مِن انتظار اللاشيء.

مع إشراقة الفجر الذي لَم يكن كغيره، غالبتُ النعاس في جفوني المثقلة، وتوجَّهتُ لأخذ حمَّام ساخن، لتنساب قطرات الماء على جسدي تمرُّ على أصابعي المتصلِّبة التي نفد منها الإحساس كنفاد الحبر في قلمي المسجى هناك فوق الورق على مكتبي.

وبعد فترة وقفتُ أمام مِرآتي لأوَّل مرَّة أحاول التدقيق في ملامحي منذ سنين، لَم أعطِ لنفسي فرصة لأُبصِر نفسي، جفوني المنتفخة، تلك الهالات السوداء حول عيني، وتلك الخطوط حول شفتي وقد انحسر شعري إلى منتصف الرأس، نظرتُ لربطة العنق المعلَّقة في خزانة ملابسي منذ زمن، عذرًا، فلا مزيد مِن القيود حول عنقي.

توجَّهتُ لعملي، جمعتُ أوراقي، كتاباتي، قصصي ومقالاتي الأدبية ومسرحيَّاتي التي طالما احتفظتُ بها في سجلَّات خاصَّة في نادي اللغة العربية بالمَدرسة.

أمضيتُ ثلاث ساعات بعد انتهاء الدوام المدرسي ألمِلم روحي المتناثرة على الورق مقالات وأحلامًا مؤجَّلة، وأضفتُ لها ما

أخذتُه معي مِن ملفّات أخرى مِن منزلي هي حصاد عمر شارف على الوصول لخطِّ النهاية، حيث اللاشيء مِن الأمنيات.

قرَّرتُ اليوم ألَّا أعود للمنزل، حادثتُ زوجتي هاتفيًّا، أخبرتُها بأنَّني سأكون برفقة صديق حتَّى تطمئنَّ.

نعم.. إنَّه البحر، نِعمَ الصديق.. على شاطئه وقفتُ، فتحتُ زرَّ قميصي العلوي أستنشق الهواء لأوَّل مرَّة ربَّما منذ سنوات، وتقدَّمتُ بقدمَين حافيتَين، فلا مزيد مِن القيود التي تثقل خطواتي.

احتضنتُ ملفِّي المحمَّل بالأوراق أضمُّه بين ذراعيَّ كطفلي الوحيد، وعلى تلك الرمال الذهبية جلستُ مَدَدتُ قدمَيَّ، فاقتربَت مياه البحر تداعبني، تعيد إلى أصابعي إحساسًا هجرَها منذ وقت طويل، مخلِّفًا تصلُّب المفاصل وآلامه.

لَم أكترث لتلك الأعيُن التي تمرُّ حولي وترمقني باستغراب، وأنا أبني قلاعًا مِن الرمال الواحدة تِلو الأخرى وكأنَّني طفل صغير يلهو بمرح، ثمَّ ارتَمَيتُ بقرب قلاعي أرقب المياه التي أخذَت تغمرها لتعيدها إلى أحضان رمال الشاطئ.

وعند المساء حملتُ ملفِّي، أخذتُ أنتزع أوراقه كما تنتزع الرياح الأوراق الخريفية مِن أغصانها، صنعتُ مئات القوارب الورقية وأطلقتُها مع الأمواج على ذلك الشاطئ؛ فربَّما يصل

مداد قلمي يومًا لمرافئ جديدة لأشخاص يجيدون الإنصات لحديث الحروف المتناثرة على سطور الورق مِن كاتب لا يجيد فنَّ الانزلاق على السطوح الملساء حوله.

بدون قِناع: أشدُّ المعارك ضراوة هي التي تدور بين الحنايا.

بوح الورق

جميل سكون الليل، هو جبر لخواطرنا المتصدِّعة التي تئِنُّ مِن الوجع الساكن فينا، عندما نهب روحنا لهدوء الليل، ويلفُّ الكون السكون حينما تنسكب الظلمة على الجدران وتلتحِف بها الموجودات مِن حولنا، عندها تبقى الأرواح مستيقظة حتَّى وإن ادَّعَتِ العيون كذبًا النوم، فعندما ننام تتحرَّر الروح نحو فضاءات الحلم الذي تعيشه نفوسنا سرًّا غامضًا بينها وبين ذاتها كأسرار حكايات ألف ليلة وليلة، وتنطلق نحو فضاءات جديدة مِن المحبَّة والسلام الداخلي.

في الليل تأخذ الحروف ترتيبًا مختلفًا حين تنساب حبرًا مِن القلم كأنَّ الليل سكب ظلمته مداد قلم ليُترجِم لغة خاصَّة ما بين انكسارات الصباح وصخبه، وبين أرواح مرهقة لا تَأتمن أحدًا على سرِّها سوى الورق، وبالرغم مِن أنَّ لبعض البوح

طعم العلقم إلّا إنّه قد يتحوّل عسلًا مسكوبًا مع الأيام لمن عرف بحقٍّ معنى قوله تعالى:

﴿إِنَّ مَعَ الْعُسْرِ يُسْرًا﴾

[الشرح: 6]

مع وليس بعد، فاطمأنَّ وترك الأمر لصاحب الأمر،

﴿بَدِيعُ السَّمَوَاتِ وَالْأَرْضِ وَإِذَا قَضَى أَمْرًا فَإِنَّمَا يَقُولُ لَهُ كُنْ فَيَكُونُ﴾

[البقرة: 117]

كم يتشابه البشر في السِّمات والملامح، وكم هم مختلفون في النِّيَّات والأفعال، كم مِن جراحٍ مثخنة كان مصدرها قريبًا، وكم مِن فزع كان سببه مَن يفترض به أن يكون الأمان والملجأ لروح أرهقَتها انحناءات الحياة ومنعطفاتها الملتوية التي يجب على البعض أن يقطعها منفردًا سائرًا على الجمر الذي يزيد سعيره مَن يفترض أن يفرش الأرض وردًا تحت قدميك!

نعم.. هي مفارقات الحياة حين يجتمع معك في بطن أمِّك شخص آخَر هو نصفك الثاني ورفيقك منذ اللحظة الأولى لتكوُّنك جنينًا في رحِم أمِّك، لَم يكن ارتباط حبل سُرِّي بين روحَين في جسد امرأة لميقات يوم معلوم الحساب بالمقاييس الأرضية لأهل الطبِّ والاختصاص، وإنَّما يفترض أن يكون ارتباط روح بروح للأبد مِن المحبَّة والتواصل الأخوي، وشتَّان بين ما يفترض أن يكون وما كان.

كنَّا شقيقتَين متشابهتَين بالمظهر، مختلفتَين بالجوهر، أميرة وأمل، كنَّا الحدَث الجميل في أسرة ميسورة الحال إلى حدٍّ ما، كان الجميع يترقَّب ولادتنا أميرتَين متوَّجَتَين بعد أربعة أشقَّاء ذكور.

كانت الشهور الأولى مِن ولادتنا تمرُّ طبيعية متشابهة الأيام، لكنِّي لَم أكن كغيري مِن الأطفال، ولكلِّ شيء حكمة لا يعلمها إلا الله، لَم أكن أدرك الضجيج مِن حولي، ضجيج الأهل والموجودات، وإذا كانت البدايات متعسِّرة تلَتها ليالٍ وأيَّام أشدُّ ضراوةً مِمَّا أجهله مِن ضجيج الحياة القادمة.

بالنسبة لجميع عائلتي كنتُ الأميرة الصامتة الساكنة لا ردَّة فِعل لي ولا استجابة، وهكذا كبرتُ.

مضت سنتان مِن عمري لَم تعرف الحروف طريقًا إلى شفتَيَّ المطبقتَين بالصمت، حتَّى كانت المفاجأة التي جعلَت جميع أفراد عائلتي يشاركوني الصَّمت والذهول حين علموا بعد سلسلة مِن الفحوصات الطبية التي أرهقَت روحي وجسدي بأنَّني مِن فئة الصمِّ والبُكمِ، بالرغم مِن عدم وجود أي حالة مشابِهة لحالتي في عائلتي، ولكنَّها الأقدار بها جِئنا لهذا العالم وبها نمضي منه، وما بين القدوم والرحيل صعود وهبوط في محطَّات متنوّعة لن تتمكَّن مِثلي مِن وصفها وهي تعيش في عالم صامت.

وُلِدتُ بكماء في حين كانت أختي التوءم أمل تتمتَّع بصحَّة تامَّة وعافية، وقادرة على النُّطق والتعبير، البكاء والصراخ، التذمُّر والرَّفض، المرح والغناء والاستمتاع والبوح بكلِّ ما تريده أو تشعر به.

تمنَّيتُ أن تكون هي لساني الناطق وجسر التواصل بيني وبين العالم الخارجي، ولكن شيئًا فشيئًا ومع مرور السنوات أدركتُ أنَّه على كلِّ فرد أن يلمِلم جراحه، ويتَّكئ على نفسه لينهض.

في عالَم مليء بالتَّناقضات بين ما يدَّعيه البعض وما يمارسونه مِن تصرُّفات على أرض الواقع، وجدتُ التَّذَمُّر والرَّفض في معظم مَن حولي ونحن أطفال في المرحلة

الابتدائية، وقد أعذر زملائي لطفولتهم وعدم إدراكهم معنى اختلافي عنهم كوني مِن فئة ذوي الاحتياجات الخاصَّة.

كثيرًا ما كنتُ عاجزة عن الدفاع عن نفسي أمام عنف الآخَرين، فلا أستطيع تبرير السبب الحقيقي لأي خلاف بيني وبين زملائي في الصفِّ، بعض المعلِّمات بالرغم مِن قدسية مفهوم التعليم والتعلُّم كُنَّ لا يعِرنَني أيَّ اهتمام كأنَّني مسلوبة الحقِّ في الفهم والإدراك وتخصيص مساحة مِن الشرح والتوضيح والمتابعة لمستوى ما تعلَّمته.

كثيرًا ما شعرتُ مع مرور الأيام بأنَّني زائدة على الحياة، وكلُّ ما هو فائض عن الحاجة مستبعَد لأجل غير مسمًّى.

لَم يكن الأمر أفضل في البيت؛ فقد كانت أسرتي تتجنَّب اختلاطي مع الآخَرين في المناسبات الخاصَّة والعامَّة والزيارات العائلية، وحتَّى في أوقات التنزُّه والتسوُّق والسفر إلا في أضيق الحدود، كثيرًا ما شعرتُ بأنَّني كأشجار الزينة يسرُّ الناظر بمنظرها ولكن لا عبير لها يعطِّر المكان، ولا يهتمُّ أحد بتوفير احتياجاتها كغيرها مِن النباتات الحيَّة.

أصبحتُ كتمثالٍ شمع روح باردة، أحسُّ بصقيع المشاعر لكلِّ مَن حولي تجاهي، أنتظر الليل تِلو الليل لأتوقَّع على نفسي، أضمُّ ساقَيَّ إلى صدري، أحاول العودة جنينًا مرَّة أخرى

كي أختفي عن الأنظار، ترتجف أطرافي، ويعلو نبض قلبي، يحدث جلبة هائلة في صدري كزلزال بقوَّة عشر درجات على مقياس ريختر، لكن لا يشعر بدمار نفسي سِوَايَ، فحتَّى قلبي لا يعرف لغة هذا العالم، ولَم تجرِّب شفتاي النُّطقَ يومًا بحروف الأبجدية.

أنتظر الليل تِلو الليل، وأستحلف الساعات الأخيرة منه بالتريُّث قبل الرحيل، فلا أريد العودة في كلِّ صباح للسقوط في بئر يوسف مِن الحرمان الذي كان إخوته سببه كما هو حالي.

في سنِّ الثانية عشرة لَم أعُد أرغب في الذهاب للمدرسة؛ حيث إنَّني لا أحتاج لمعرفة الحروف وترتيبها في كلمات وجُمَل، فلن أستطيع يومًا النُّطق بها، لَم أجد أيَّ معارضة أو رفض مِن أسرتي بخصوص قراري هذا بسبب تدنِّي مستوى تحصيلي التعليمي في المدرسة، ولَم يدرك أحد بأنَّ جدران الصفِّ والمدرسة إنَّما كانت قيودًا إضافية تحاصر روحي المرهقة التي ما زالت تبحث وتبحث عن صحبة تجيد قراءة الروح، وتصغي لهمس الجوارح، وتدرك أنَّ الإنسان روح قبل الجسد، وكلُّ الأجساد على هذه الأرض مِن وإلى التراب والفناء.

أبحث عمَّن يقدِّر الجمال والإنسانية في روحي، ولا يتجاهل إنسانيَّتي لشيء قدَّره الله عليَّ لحكمة لا يعلمها سِوَاه.

مرَّتِ السنوات تِلو السنوات، تزيد في عمري رقمًا يضاف بشكل تصاعدي متكِّرر (1+) دون أن يدرك أحد أنَّ هذا الرقم يعني الحاجة لزيادة في الإحساس بقيمتي الإنسانية عند مَن حولي.

قضيتُ معظم وقتي مع الخادمات في المنزل، تعلَّمتُ الطَّبخ وأتقنتُه حتَّى صرتُ شيئًا فشيئًا المرجع الرئيس والمشرف العام على الولائم الأسرِيَّة في مناسباتنا، وكانت يدِي أبجديَّتي للتَّواصل خاصَّةً بعد أن ساعدني أخي الأكبر على تعلُّم لغة الإشارة في أحد المراكز المتخصِّصة، ووعدني أخي الآخَر بافتتاح مشروع تجاري مع زوجته لبيع الأطعمة، حيث ستقوم زوجة أخي بمهام التَّواصل وتلقِّي الطلبات والتنسيق العام، وأقوم أنا بمهام الطبخ والإشراف.

بدأتُ أشعر بطعم السكَّر يتسلَّل لأيامي، وأنَّ ضوء الشمعة التي أشعلها إخوتي في درب حياتي بعد سنوات التَّجاهل والحرمان قد تتحوَّل يومًا إلى شمس ساطعة تُعلِن انتهاء مواويل الليل الباكية في سماء عمري، لكن كان للأقدار رأي آخَر لحكمة لا أعلمها، وكأنَّ مساحة الفرح في عمري كإشعال عود كبريت لا يلبث أن يخبو وينطفئ، لكن هذه المرَّة لَم أكن وحدي مَن يرتشف العلقم حتَّى الثمالة، وإنَّما شاركني نِصفي

الثاني الغائب عنّي منذ سنين بالرغم مِن أنَّنا نعيش معًا حتَّى قَبل أن نولد ونُبصر الحياة.

أختي أمل التي كانت الأمل بالنسبة لأمي وأبي وإخوتي، وهي المتحدِّثة الرسمية اللَّبِقة في المناسبات، ومنسِّقة برامج الإجازات والأعياد، وهي الطالبة الجامعية التي على وشك التخرُّج، التي يفتخر بها جميع العائلة الأنيقة المبتهجة بالحياة، بل كانت هي الحياة لأمي وأبي وهما يترقَّبان يوم تخرُّجها في الجامعة، والذي بات قريبًا لولا ما حدث فجأة دون سابق إنذار، وكأنَّه وقع قصف رعد مدوٍّ نزل كالصاعقة على أمِّي وأبي حينما بدأت أمل تشعر بآلام متكرِّرة فسَّرَها البعض إرهاقًا مِن ضغط الدراسة والحياة الصاخبة التي تعيشها بين حفلات مع زميلاتها في مناسباتهم المتكرِّرة ومتابعتها بشغف، كعروض الأزياء، والأنشطة الجامعية الصيفية، والتسوُّق ومتابعة دور السينما، والكثير والكثير مِمَّن لا أجيد وصفه أو تذكُّره؛ لأنَّني لَم أكن يومًا جزءًا منه أو مشارِكة فيه.

بدأت أمل رحلة الفحوص الطبية وزيارات العيادات والمستشفيات الحكومية والخاصَّة فرارًا مِن واقع ما شخَّصه طبيبها الأول، وأنَّ ما تعاني منه بداية فشل كلوي يحتاج متابعة مستمرَّة حتَّى لا يتطوَّر الأمر لِمَا لا يُحمَد عقباه.

بدأت أُمّي وأبي بالطواف حول المتخصِّصين كمَن يهروِل خلف السَّراب في صحراء يوم صيفي لعلّه يحظَى بشربة ماء تروي ظمأه.

كانت الأيام تمرُّ متثاقلة كئيبة في بيتنا ترقب آمالًا معلَّقة، ربَّما كان لسان حال الجميع يقول: لو كانت أميرة مكان أمل لكان الأمر أسهل تقبُّلًا مِن الجميع، فلا لسان حال لي أبوح به، أو ربَّما لأنَّ حالي على مرِّ السنين التي انقضَت لَم يكن له حال.

كنتُ أتأمَّل العيون التي ترمقني باستمرار مِن والدي وإخوتي، ربَّما شفقة وحزنًا مضاعفًا لما آل إليه حال أمل، كثيرًا ما كنتُ أفسِّر نظراتهم لي اعتذارًا صامتًا عن سنين الوجود واللاوجود التي عشتُها بينهم إلى أن أدركتُ أنَّني لا أجيد ليس فقط قراءة الأبجدية، بل لا أجيد كذلك قراءة خبايا العقول والأفكار، ولا أتقن قراءة الجسد ولغة العيون التي كانت تدور حولي.

في صباح يوم لَم يكن كباقي الأيام، تمَّ اتِّخاذ القرار بالنيابة عنِّي؛ ليس لأنَّني لا أملِك صوتًا أعبِّر به، وإنَّما لأنَّ لدى عائلتي أولويَّات أخرى؛ فأنا مهمَّة لكنَّ أمل أهمُّ، وأنا الأقرب مِن بين الجميع، والأكثر تطابقًا مِن حيث الأنسجة للتبرُّع لها بكُلْية لإنقاذ حياتها التي هي حياة ثانية لأمِّي وأبي.

أقولها بكلِّ صِدق وأمانة، لَم أتردَّد في الموافقة؛ فهي جزء منّي، ولديَّ قناعة أنَّ سعادة العطاء تدوم أكثر مِن سعادة الأخذ، ولكن كم تمنَّيتُ أن أُمنَح حقَّ التَّفاوض في اتِّخاذ القرار قبل تنفيذه، فطُرُق التَّعبير عن الرأي كثيرة آخِرها النُّطق، ويا ليت أهلي يعلمون!

بتُّ في المستشفى ليلة تِلو الأخرى ليست كباقي الليالي، احتضنتُ فيها ساقًّ بشدَّة إلى صدري، وتشبَّثَت قطرات الدموع بجفوني كسحابة توشك أن تنهمر، اختلطَت مشاعري ولأوَّل مرَّة حمِدتُ الله أنَّني بكماء؛ فبعض المشاعر يستحيل البوح بها أو إيجاد أبجديَّة تحتويها.

كنتُ في صراع بين الخير والشر بداخلي، بين الرفض والقبول حبًّا وكرامة، وليس قسرًا مِن أحد، وفي النهاية أيقنتُ أنَّ ربَّ الخير لا يأتي إلا بالخير، والحمد لله دائمًا وأبدًا، "اللهمَّ لك الحمد حتَّى ترضى، ولك الحمد إذا رضيتَ، ولك الحمد بعد الرضا".

تمَّ إجراء العملية الجراحية التي تكلَّلَت بالنجاح بفضل الله وبفضل دعاء الوالدين وجميع إخوتي لي ولأختي أمل.

لأوَّل مرة نتشارك معًا الحبَّ والاحتواء مِن الجميع، حينها أدركتُ أنَّه مهما طال الليل لا بدَّ مِن وعدٍ بشروق الشمس التي لَم يعُد شروقها معلنًا صباحًا جديدًا يرعبني.

عدتُ للمنزل، بل عدنا للمنزل لأوَّل مرَّة عائلة واحدة، بكَت أمِّي يومها بشدَّة قبل مغادرتنا للمستشفى حين تذكَّرَت يوم ولادتنا، حيث خرجَت تحملنا أنا وأمل وأبي وإخوتي حولها مبتهجِين، واليوم وبعد 22 عامًا تتكرَّر نفس اللحظة، تخرج أمِّي معنا وحولها أبي وإخوتي مبتهجِين.

حقيقة أرهقني فهمها بأنَّه توجد في طرقات الحياة بعض المنحدرات الملتوية والخطرة، لكنَّ المرور بها يكون إجباريًّا للوصول للمسار المستقيم.

تكرَّرَت زيارات أختي أمل للمستشفى للمراجعة ومتابعة حالتها الصحية مع الدكتور أحمد الذي صار فيما بعد زوجها، هو شابٌّ خلوق طموح ومثقَّف، ومِن عائلة محترمة.

في يوم زفافها التقَيتُ الحاجَّة فاطمة، وهي قريبة لنا مِن بعيد دعَتها أمِّي لحفل زفاف أمل مع عدد كبير مِن قريباتنا الأُخرَيَات، ولكنَّ شيئًا غريبًا جذب الحاجَّة فاطمة لي وجذبني لها، ربَّما هو تقارب الأرواح، أو ربَّما لأنَّ كلَينا كان يبحث عمَّا يكمل به حياته، الحاجَّة فاطمة تُعرَف بأمِّ إبراهيم، وهو ولَدها

الوحيد الذي وُلِد مِثلي، ولكنَّه أفضل حالًا كثيرًا؛ حيث يعاني مِن صعوبة نوعًا في النُّطق، وهو ما يُعرَف بالتأتأة، ولكنَّه بالرغم مِن ذلك متعلِّم وخريج جامعي متخصِّص في البرمجة والحاسب الآلي، ويعمل موظَّفًا في إحدى الدوائر الحكومية، أرمل ولدَيه طفلان، محمد وإيمان، وهما توءم في عامهما الرابع، يعيشان مع جدَّتهما الحاجَّة فاطمة بعد وفاة والدتهما.

صار إبراهيم زوجي، حيث لَم أتردَّد كثيرًا في الموافقة بعد أن صلَّيتُ صلاة الاستخارة، وأبلغني والدي بأنَّ إبراهيم ذو سُمعة طيِّبة بشهادة الجميع، وقد وافقتُ إيمانًا مِنّي بأنَّ الأقدار مكتوبة منذ الأزل، وأنَّ مَن ظنَّ بالله خيرًا فلن يخيِّب الله ظنَّه.

مرَّتِ السَّنة تِلو الأخرى، والحمد لله عشتُ حياة مستقرَّة كنتُ فيها أمًّا لمحمد وإيمان، وكانا العِوَض لي عن الطفل الذي لَم ولن أتمكَّن مِن إنجابه بسبب ظروفي الصحيَّة بعد أن تبرَّعَتُ بكُليَتي لأختي أمل.

كان زوجي محبًّا عطوفًا ومتواصلًا باستمرار مع أبي وأمّي وإخوتي، كما كان داعمًا لي، حيث ساعدني على افتتاح المشروع الذي كنتُ أحلم به سابقًا مع زوجة أخي، وكان هو المموِّل للمشروع، كما كانت أمّي سندًا أيضًا بدعمها لي في

بدايات المشروع، ومتابعتها لابنَيَّ محمد وإيمان بعد وفاة جدَّتهما الحاجَّة فاطمة.

سافرَت أختي أمل مع زوجِها للعمل والاستقرار في المملكة المتحدة، حيث أصبح زوجها مِن أشهر وأنجح الأطبَّاء المتخصِّصين في جراحة الكُلَى، واستقرَّ ثلاثة مِن إخوتي في محافظات بعيدة مع زوجاتهم وأبنائهم لظروف عملهم، حتَّى أخي الأوسط الذي يعيش معنا بنفس المحافظة مشغول بصفة مستمرَّة بشركته وتوسيعها ومتابعة فروعها، حيث يعمل في الاستيراد والتصدير، ولَم يجد والداي غيري بقربهما، ولَم أتردَّد لحظة واحدة ولا زوجي في القبول عندما طلب والدي مِن زوجي أن أعود لأَسكن معهما في بيت العائلة مع زوجي وأبنائي؛ فلَم يعُد لهما رفيق يستندان عليه وقد بلغَا مِن الكِبَر عتيًّا، وداهمَتهما أمراض الشيخوخة.

وهكذا عدتُ لجذوري، بل لأثبت جذوري العطشى، لترتوي بالحبِّ والحنان اللَّذَين طالما حلمتُ بهما في طفولتي، وأصبح المنزل ملتقَى الزيارات العائلية لإخوتي في نهاية الأسبوع أو العُطَل والأعياد، وأصبحتُ أنا مدبِّرة المنزل والحارسة الأمينة على أُمِّي وأبي، حينها أدرك الجميع أنَّ هناك طرقًا عديدة للتعبير عن الحب والاحتواء آخِرها النُّطق باللسان.

بدون قناع: (الإمام الشافعي):

دعِ الأيّام تفعل ما تشاء   وطِب نفسًا إذا حكم القضاء

ولا تجزع لِحادثة اللَّيالي   فما لحوادث الدُّنيا بقاء

بيت العنكبوت

أربعة جدران تحاصرني في مساحة ضيّقة، وقضبان تقف بكلّ صرامة أمام تلك النافذة البعيدة التي بالكاد تسمح لشعاع الشمس بالوصول على استحياء لمكاني.

زنزانة تحتويني، تألفني وآلَفها، فقد تكرَّر وجودي بها مرّات متعدِّدة على مدار سنوات عمري الذي لا يتجاوز أربعة وثلاثين عامًا.

لَم يعُد المكان موحشًا بالنسبة لي؛ لأن أكبر السجون وأشدَّها وحشية هي ما تقيّد الروح وليس الجسد.

دائمًا ما أعود بالذاكرة للوراء بحثًا عن ذلك الطفل الذي ضلَّ الطريق حين لَم يجد مَن يُمسِك بيده إلا ليشلَّ حركته، ويكيل له الضربات والركلات والسِّباب بدون تبرير.

أن تعيش مع والدَيك لا يعني أبدًا أن تعيش بأمان وسلام، ما زلتُ أذكر ذلك اليوم وأنا ابن تسع سنوات عندما قدَّم لي والدي أوَّل سيجارة في حياتي وقال: "خذها وكُن رجلًا"، ومِن يومها تهتُ بين سحابات الدخان الكثيف الذي كان يملأ البيت يوميًّا بين السجائر والشيشة، ذلك الدخان الذي حجبَ عنِّي كلَّ الأحلام والأمنيات التي يمكن أن يعيشها طفل في سِنِّي، بل حجبَ عنِّي المستقبل وإنسانيَّتي التي بِتُّ أفقدها تدريجيًّا كلَّما تقدَّم بي العمر.

كنتُ أشاهد أبي وهو يَدخل يترنَّح يوميًّا، يستند على الجدار تارةً، ويسقط تارةً أخرى، ولأنَّ الجدران المتصدِّعة المائلة لا يمكن الاحتماء بها ولا اتِّخاذها سندًا، ظلَّت يداي طوال حياتي تلاحق اللاشيء بحثًا عن ذلك الجدار الذي أحتمي به في بيت العنكبوت الهشِّ الذي أعيش به دون أي إحساس بالأمان.

ولَم تكُن أمِّي أفضل حالًا مِن أبي، في الحقيقة لا أعلم هل كانت جانية أم مجنيٌّ عليها مِن أبي الذي كان لا يكفُّ عن الصراخ والشجار معها، بل وضربِها مرارًا وتكرارًا؟ وكثيرًا ما كنَّا أنا ووالدتي لا نجد ملجأً سِوَى بيوت الجيران حين نُطرَد ليلًا أو نُضطرُّ للهرب؛ حفاظًا على حياتنا عندما يكون والدي غاضبًا فاقد الوعي والإحساس بالمكان والزَّمان وحتَّى الأشخاص حوله.

كان تعامُل الجيران معنا كريمًا رحيمًا، وكانوا في كثير مِن الأحيان ما يعطون أُمّي المال وكسوة العيد ومستلزمات الدراسة لي، بل كثيرًا ما يصحبونني معهم في الرحلات والتنزُّه في ملاهي الأطفال والحدائق.

وكانت والدتي تساعد في مناسبات الجيران وحفلات الأعراس، حيث تقوم بخدمة الضيوف، وأحيانًا الغناء والرقص مِن باب المجاملة؛ فهي تمتلك صوتًا ليس طربيًا ولكنَّه جميل، وكان جيراننا يقدِّمون لها المال نظير مساعدتها لهم في مناسباتهم، بل لعلَّها حجَّة منهم لعدم إحراجها بتقديم المال مباشرةً بدون مقابل، حيث إنَّ والدتي كانت تعلم أنَّ مَن يطلبونها للمساعدة في المناسبات لدَيهم مِن الخدم والأعوان ما يكفيهم، لكنَّ عِلمهم بظروفنا ووضْع والدي كان دافعًا لسخاء يفوق الوصف مِن قِبَلهم.

وبالرغم مِن كلِّ ذلك العطف والمحبَّة مِن جيراننا تجاهي إلا إنَّني كنتُ ساخطًا على حياتي، متمرِّدًا على واقعي، أفرغ غضبي تنمُّرًا وضربًا لزملائي بالصفِّ والمدرسة، حتَّى تمَّ منْعي مِن قِبَل مدير المدرسة وأنا في سن الثالثة عشرة مِن استخدام الحافلة المدرسية بعد أن قمتُ بالاعتداء بالضرب والسبِّ على

السائق وبعض الطلاب لخلاف نشبَ بيني وبين أحدهم على أحد مقاعد الحافلة.

لَم يهتمَّ أبي بمقابلة مدير المدرسة بالرغم مِن الطلب المتكرِّر مِن قِبَل الاختصاصي الاجتماعي بالمدرسة بضرورة المراجعة، وكذلك لَم تعرِ أَمِّي الأمرَ أهميَّة، بل قالت: "ستذهب مع ابن جارتنا بسيَّارتهم الخاصَّة؛ فهو معك بنفس المدرسة، وليس عليك الاعتذار لأحد، فقط خُذ حقَّك بيدك دائمًا، ولا تسمح لأحد بالنَّيل منك".

بعد أقَلَّ مِن ثلاثة أشهر على حادثة الحافلة دخلتُ بمشادَّة لفظيَّة مع معلِّم الرياضيات بسبب تدنِّي درجاتي في المادَّة، وأضمرتُ له في نفسي انتقامًا مِن نوع خاصٍّ، وشاءت الأقدار بأن تتهيَّأ لي الفرصة عندما طلب منِّي أحد المعلِّمين نقْل كراسات الطلاب مِن الصف لغرفة المعلِّمين ليقوم بتصحيحها، وهناك شاهدتُ معلِّم الرياضيات وقد خلع ساعته ووضعها على المكتب، ليذهب للوضوء والاستعداد لصلاة الظهر، وهنا مَدَدتُ يدي بكلِّ خفَّة ومهارة، وأخذتُ الساعة، بل ولمحتُ محفظته في أحد أدراج مكتبه الذي لَم يكن مغلَقًا بشكل جيِّد، وأخذتُها كذلك.

كلُّ ذلك تمَّ في ثوانٍ، ولَم يلحظ أحد مِن المعلِّمين شيئًا بالرغم مِن وجود عدد مِن المعلِّمين بالغرفة، ولأوَّل مرَّة في حياتي أجد الاتِّفاق التامَّ والانسجام بين أبي وأمِّي وهما يشيدان بما فعلتُ، وكأنَّني مِن أصحاب الإنجازات التي لا تضاهَى، واقتسَم والدي معي المبلغ المالي الموجود بالمحفظة، وأخذَت أمِّي الساعة لبَيعها أو التصرُّف بها بطريقتها، المهمُّ هو الحصول على المال وردُّ الاعتبار بغضِّ النَّظر عن تقييم الموقف لمعرفة الفضيلة مِن الرذيلة، فالغاية تبرِّر الوسيلة في بيت العنكبوت الذي يجمعنا.

تُوُفِّيَ والدي بحادث سيارة وهو تحت تأثير المواد المخدِّرة وأنا في سنِّ التاسعة عشرة، عندها أدركتُ أنَّ الموت قد لا يكون أكبر مصائب الحياة، بل أكبرها أن يموت الحب والرحمة مِن قلبك لمَن حولك وأنتَ على قيد الحياة.

لَم ألحَظ أيَّ حزن على والدتي أو جيراننا مِن المعزِّين؛ فالنهاية للبعض ما هي إلا بداية حياة للبعض الآخَر، وفعلًا تغيَّرَت حياتنا نوعًا ما، بحيث أصبح المنزل أكثر هدوءًا وسَكينة بعد أن خبَت أصوات المشادَّات المتكرِّرة عدا بعض المواقف بيني وبين والدتي التي يستمرُّ صوتنا بالارتفاع خلالها، هذا ما اعتدنا عليه، حيث لَم يكن الحوار للفهم والنَّقد والإرشاد، بل

لإثبات القوَّة، وكان واضحًا أنَّني أنا الأقوى، فكلَّما مرَّتِ السنوات ازدَدتُ قوَّةً وعنفًا، وكأنَّ الزمان يعود للوراء ليصنع نسخة مِن العدوانية البغيضة مِن والدي، وتزداد والدتي مع الأيام وهنًا على وهن.

كما النَّباتات الحولية التي تنمو تلقائيًا مع المطر نمَت الأحقاد مجدَّدًا في بيتنا؛ لأنَّ البذور السامَّة إذا ما طُرِحَت في التربية الخصبة لا تُنبِت سِوَى الشر والفساد، فقد أدمنتُ التدخين والمواد المخدِّرة مع الوقت، ولَم تعُد أمِّي مع تقدُّم العمر تقوَى على الخدمة والمشاركة في مناسبات الجيران، خاصَّةً مع تغيُّر طقوس الاحتفالات والمناسبات بظهور شركات الخدمة والضِيافة المتخصِّصة، ولكنَّها مارسَت نوعًا متفرِّدًا مِن الخدمات الخاصَّة للجيران لا يَخطر على بالٍ حين بدأت تطلب مِن جيراننا إرسال خادماتهم، كلَّ جارة في يوم لساعة أو ساعتَين لمساعدتها في ترتيب وتنظيف المنزل؛ حيث إنَّها لَم تعُد تقوى على خدمتي وخدمة نفسها، ولا يوجد لديها ابنة تُعينها، ولا تستطيع توفير خادمة خاصَّة، وقد تجاوبَت معها بعض الجارات حبًّا وكرامة، ومع الوقت كانت أمي تسعى لتوثيق علاقتها مع الخادمة لنقل أخبار الجيران وأدقِّ تفاصيل حياتهم اليومية بشكل غير مباشر وغير متعمَّد مِن قِبَل الخادمة، وإنَّما

مِن باب تبادل الحديث والاطمئنان على الخادمة والتوصية عليها لدى صاحبة المنزل.

وكنتُ عَونًا لأمِّي في نقل الأخبار مِن أبناء جيراننا، بل بعضهم، حيث إنَّ عددًا كبيرًا مِن أبناء الجيران كانوا يتحاشَون لقائي بسبب سلوكي العدواني تِجاههم في أيَّام الدراسة أو بَعدها.

قامت أمِّي بإعادة صياغة أخبار الجيران بطريقة فنيَّة وكأنَّها سيناريو معدَّل لأحداث حقيقية لِمَا يجري في بيوت جيراننا، وأوهمَت كلَّ جارة بأنَّها رأَت رؤيا تخصُّها، بحيث تحتوي الرؤيا على أحداث حقيقية مِمَّا استقَته مِن معلومات مِن الخادمة، وشيئًا فشيئًا بدأَت أمِّي بإقناع بعض جاراتنا بأنَّ ما يحدث مِن خلافات منزلية، أو تعثُّر أحد الأبناء دراسيًّا أو مرضه، أو تأخُّر سِنّ الزَّواج، إنَّما هو عمل وسِحر يجب فكُّه، وأصبحَت أمِّي هي الوسيط بين جاراتنا والمعالِج الروحي (المطوع) الذي أصرَّت أنَّه لا يرغب بأن يتعرَّف على شخصيَّته أحد، وأنَّه أحد أقارِبها، ويقدِّم خدماته للمساعدة وتحقيق الاستقرار الأسري فقط، وبذلك جنَت والدتي مبالغ طائلة مِن جاراتنا، وكنتُ على يقين بأنَّها هي مَن تعدُّ الخلطات والطلاسم لخداع جاراتنا، والغريب أنَّه مع الوقت أصبح عمل والدتي رائجًا حتَّى خارج حارتنا بأنَّ لها قريبًا

يستطيع فكَّ السِّحر وجلب الحبيب وشفاء المريض، فشراء الوهم لدى البعض أسهل مِن بذل الجهد لتحقيق الأهداف، وكذبَ المنجِّمون ولو صدفوا!

مع رواج عمل والدتي وزيادة دخلها كان حالي يتدهوَر مِن سيِّئ لأسوأ، حيث لَم أستطِع استكمال دراستي الجامعية بعد إنذاري أكثر مِن مرَّة بسبب الغياب وتدنِّي التَّحصيل، وانتهى بي الحال بالفصل مِن الجامعة، ولَم أستمرَّ في أي وظيفة لأكثر مِن عدَّة أشهر، وازداد إدماني على المواد المخدِّرة، وازددتُ عنفًا مع الجميع حتَّى مع والدتي، وكثيرًا ما هدَّدتُها بكشف أمرها إذا ما امتنعَت عن إعطائي المال الذي أطلبه، بل أحيانًا كنتُ أتطاول عليها بالضرب في حال لَم أحصل على كامل المبلغ الذي أحتاجه، ثمَّ أغيب عن المنزل أيامًا متعدِّدة أقضيها مع أصدقائي في المولات والرحلات البحرية والمتنزّهات، ثمَّ أعود فارغ الجيب والعقل والروح، حتَّى ذلك اليوم الذي لَم يكُن كغيره مِن الأيام يومَ التقَيتُ بسيرين في أحد المقاهي، فتاة جميلة هادئة يبدو مِن ملامحها أنَّها أجنبيَّة، علمتُ بعدها أنَّها من إحدى الدول العربية، ولها أصول أرمينية، وأنَّها تعمل في أحد المحلات الشهيرة لإحدى العلامات التجارية العالمية

المتخصِّصة بالساعات، وأنَّها تقيم بسكن مشترك للموظَّفات مِن جنسيَّات مختلفة.

تكرَّرَت لقاءاتنا في فترة الاستراحة الخاصَّة بالغَداء لدَيها، أخبرَتني أنَّها تحبُّ الإقامة في بلدي، وأنَّ لديها طموحًا بأن تستثمر موهبتها في التصميم لافتتاح عمل خاصٍّ بها خاصَّةً أنَّها اكتسبَت خبرة لا بأس بها مِن خلال عملها بالشركة.

كان كِلانا فرصة للآخَر، ووجد كلٌّ منَّا ضَالَّته في الآخَر، لكن لكلٍّ منَّا أهدافه الخاصَّة ونياته.

لَم تعارِض والدتي موضوع الزواج؛ فالزواج بأجنبية لن يكلِّف مصاريف طائلة وشكليَّات لا طائل منها، وكذلك رحَّبَت سيرين بفكرة الزواج، بل كانت تنتظرها وكأنَّني الأمير كما في حكاية سندريلا الذي سيَنتشلها مِن واقعها إلى أحلامها الوردية.

ولأنَّ الأحلام دائمًا تنشأ تحت ظلمة العيون المغلقة الملتحفة بسواد الليل لا تلبث أن تتبدَّد سريعًا مع إشراق الفجر، هكذا استفاقت سيرين بعد بضعة أشهر مِن الزواج على واقع بين الخذلان والصدمة والخوف والإحساس بالضياع حين علمَت أنِّي عاطلٌ عن العمل، وملاحَق قضائيًّا في عدَّة قضايا، بالإضافة لإدمان المواد المخدِّرة، والتدخين بأنواعه، والعدوانية المفرطة، وأصبحت بيني وبين والدتي كالمستجير مِن

الرمضاء بالنار خاصَّةً بعد أن اكتشفَت ما تقوم به أمِّي مِن أعمال مزيَّفة للسِّحر والشَّعوذة، وهكذا استمرَّتِ الخلافات وازدادت اشتعالًا بيني وبينها بعد أن رفضَت طلبي بأن تقوم باستبدال الساعات ذات العلامة التجارية العالمية في محلِّ عملها بأخرى مقلَّدة أُحضِرها لها، ولن يتمكَّن المشتري مِن اكتشاف التقليد؛ حيث إنَّه سيشتري مِن محلٍّ مشهور باعتباره علامة تجارية مميَّزة، وأقوم أنا ببيع الساعات الأصلية واقتسام الثَّمَن معها، وهذا ما يحقِّق لنا ثروة طائلة، وكأنَّها علمَت السبب الرئيس لزواجي بها، وهو تنفيذ ما وصَفَته هي بخطَّة الشيطان!

عدتُ للسَّهر والتغيُّب عن البيت لأيام فرارًا مِن المشاحنات اليومية المتكرِّرة، حتَّى ذلك اليوم الذي اتَّصلَت فيه والدتي تخبرني بأنَّ زوج إحدى جاراتنا قام بالتعدِّي اللَّفظي عليها بعد أن وجد تحت فِراشه إحدى التَّمائم التي أعطَتها والدتي لزوجته، وهدَّد بإبلاغ الشرطة.

في مساء ذلك اليوم كنتُ مع والدتي في بيت جارنا نطلب العُذر والغفران، وأنَّ ما فعلَته والدتي إنَّما كان بهدف الإصلاح والتوفيق بين الزَّوجين، وانتهى الموضوع بالصلح، ليس فقط لأجلنا، وإنَّما تجنُّبًا لعدم إحراج جارنا وأسرته في حال تمَّ إبلاغ

الشرطة مِن حيث استمرار التحقيق مع زوجته، وما سيَتمُّ تناقُله عن أسرته بين الجيران.

وكعادة والدتي في ضرورة الردِّ والانتقام لِذَاتها مِن إهانة جارنا لها، قامت باستدراج كلب الحراسة لدَيهم لبَيتنا، والذي كان قد ألفَها لترُّدها المُستمرِّ على بيت الجيران، وفي بيتنا قمتُ بتخدير الكلب تجنُّبًا لإحداثه أيَّ صخب، ثمَّ قمتُ بنقله وبَيعه في إحدى المناطق البعيدة عن منطقتنا، وتغيَّبتُ عن المنزل لمدَّة أسبوع، ثمَّ عدتُ بعد أن أنفقتُ كلَّ ما جنَيتُه مِن ثَمن بيع كلب الحراسة.

كنتُ شديد التَّعب والإرهاق، وغير قادر على التَّوازن، أمدُّ يدي أتحسَّس الجدار ثمَّ ألقِي بجسدي المرهَق على ذلك الكرسي الهزَّاز الذي يأخذني للأمام والخلف وأنا ثابت في مكاني، تمامًا كما هي حياتي، سنوات مضَت وأنا حيث أنا، حيث اللاشيء مِن الهدف والمستقبل، ودخان السيجارة يلفُّني ويملأ المكان.

وما هي إلا دقائق حتَّى بدأت زوجتي برفع صوتها والصراخ بعد أن تفاجأت بعودتي للمنزل، قالت بأنَّني شخص غير مسؤول، وأنَّها قامت بنقل والدتي للمستشفى الذي ترقد فيه منذ ثلاثة أيام لارتفاع في نسبة السكَّر وضغط الدَّم.

واستمرَّ صوتها يعلو ويعلو، ثمَّ ساد الصمت والسكون فجأة، وألقَيتُ جسدي ممدَّدًا على الأرض دون وعي حتَّى استفقتُ في اليوم التالي، وكانت المفاجأة.. لَم أكن وحدي الممدَّد على الأرض، بل بجواري جسد آخَر بارد لا روح ولا حياة ولا حراك به؛ إنَّه جسد زوجتي، ويحيط برقبتها سلك الهاتف!

لَم أعِ ما حدث، بدأتُ أحاول استجداء الذَّاكرة لتسعفني بأحداث غيَّبَتها الموادُّ المخدِّرة التي غلَّفَت عقلي، وشلَّت مراكز الوعي والإدراك، نعم.. لقد قتلتُ زوجتي خنقًا!

جلستُ بجوار الجثَّة خائفًا مضطربًا، مرَّ شريط حياتي أمامي في ثوانٍ، أحدِّث نفسي: هل هذه نهاية حياتي؟

أتخيَّل صورة رجال الشرطة وهم يقبضون عليَّ، آلاف الصور المرعبة والأفكار دارت في ذهني المشتَّت المضطرب.

حملتُ الجثَّة، ووضعتُها على السرير في الغرفة، وقمتُ بتغطيتها، وأعدتُ ترتيب البيت وتنظيف المكان.

كنتُ أسمع صوت نبضات قلبي، وصدري يرتفع ويهبط مِن شدَّة الفزع.

بقيتُ لساعات لا أذكر عددها شاردًا متحيِّرًا حتَّى خطرَت ببالي فكرة قد تكون هي طوق النجاة الوحيد، فوالدتي في

المستشفى، وزوجتي غريبة عن البلد ليس لها أقارب هنا، وليس لها علاقات مع الجيران.

عقدتُ اتِّفاقًا مع الشيطان، وعند المساء بدأتُ الحفر في حديقة المنزل، ولحُسن الحظِّ أنَّ هذا المنزل مِلكٌ لنا، ورثناه عن والدي بعد وفاته، ولن يطالبنا أحد بإخلائه، فحفَرتُ قبرًا وأودعتُ جثَّة زوجي فيه، وكأنَّ شيئًا لَم يكن.

في صباح اليوم التالي فتَّشتُ هاتفها المحمول لتسجيل رقم صديقتها المقرَّبة، أخبرتُها بأنَّنا تشاجرنا وأنَّها تركَتِ المنزل وخرجَت لا أدري إلى أين، وكم هي صدفة رائعة عندما قرأتُ محادثة واتساب على هاتفها المحمول بينها وبين صديقتها تخبرها برغبتها بطلب الطلاق والعودة لبلادها، وأنَّها حجزَت فعلًا تذكرة سفر، وأنَّها ربَّما تسافر لدولة أخرى للعمل بعد قضاء الإجازة مع أهلها، وفعلًا تفاجأتُ بوجود تذكرة سفر في خزانة الملابس التي أفرغتُها كاملة، وقمتُ بتقسيم الملابس مجموعات وتوزيعها على صناديق التبرُّع بالملابس المستعمَلة التابعة للجمعيات الخيرية في مناطق مختلفة.

كانت زميلتها تواصل الاتِّصال على هاتفها المحمول، وتطبيق الواتساب، وأقوم بالردِّ على الرسائل على لسانها بأنَّني أحتاج الانفراد بنفسي والعزلة لاتِّخاذ قرار فيما يخصُّ حياتي

ومستقبلي، ثمَّ أغلقتُ هاتفها بعد أن أرسلتُ رسالة واتساب بأنَّها في المطار، وهذه الرسالة للوداع.

عادت أمِّي للمنزل، ولَم تكترث عندما أخبرتُها بأنَّ زوجتي سافرَت لزيارة أهلها، وبأنَّنا تشاجرنا وربَّما لن تعود.

قمتُ بعدها بالاهتمام بحديقة المنزل وزيادة الأشجار بها، وقمتُ بزراعتها بنفسي، بل قمتُ بإحضار قفص كبير للحَمَام وآخَر للعصافير، وأبلغتُ والدتي برغبتي بتربية الطيور وبَيعها، ولَم تعارض؛ فقد كانت ترى أنَّ اهتمامي بالزراعة والطيور أفضل مِن الخروج مِن المنزل وتكرار المشادَّات مع الجيران وغيرهم.

مرَّت على تلك الحادثة أربع سنوات حتَّى اقتنع الجميع بأن زوجتي سافرَت لبلدها ولن تعود، وتُوُفِّيَت والدتي، واستمرَّ الخوف والفزع مِن الكوابيس المتكرِّرة يطاردني، بل كثيرًا ما كنتُ أحسُّ كأنَّ زوجتي تتجوَّل في المنزل وتتوَعَّدني بالموت والانتقام، حتَّى قرَّرتُ الفِرار بتأجير شقَّة صغيرة وعرض البيت للبيع، فالسنوات الأربع التي مرَّت كافية لطمس كلِّ أثر كان واقعًا، واليوم هو مجرَّد جريمة في الذاكرة.

في ذلك المساء الملبَّد بالغيوم، ومع تسارُع قطرات المطر بتغطية الشارع المكتظِّ بالسيارات، كان هناك تسارع أيضًا بالطَّرق على باب الشقَّة التي أقيم فيها، إنَّهم رجال الشرطة،

حيث اقتادوني إلى مركز الشرطة وأنا وسط ذهول تامّ مِمَّا يحدُث، وازددتُ ذهولًا مِن سؤال الضابط: لماذا قتلتَها؟!

أدركتُ لاحقًا أنَّ مَن اشترى بيتي القديم عرضه للاستثمار عن طريق التأجير الذي دام سنتَين، قرَّر بعدها صاحب المنزل إزالة الحديقة التي ماتت معظم أشجارها للاستفادة مِن تلك المساحة بإنشاء بناء جديد وتأجيره لزيادة الدخل، ومع بدْء أعمال البناء تمَّ اكتشاف الجثَّة التي استَبعَد الطبُّ الشرعي أن يكون الفاعل هم المستأجرون للبيت؛ حيث إنَّهم مقيمون بالمنزل منذ سنتين فقط، في حين أفاد تقرير الطبِّ الشَّرعي بأنَّ الجثَّة لامرأة، وأنَّ الوفاة تمَّت قبل ما يقارب الأربع سنوات، عندها أدركتُ أنَّه لا جدوى مِن المراوغة، وأنَّه لا بدَّ مِن يوم تُرَدُّ فيه المظالم.

بدون قناع عندما نرحل عن هذا العالم تبقى أعمالنا على قيد الحياة.